Estética de Laboratório

REINALDO LADDAGA

ESTÉTICA DE LABORATÓRIO
ESTRATÉGIAS DAS ARTES DO PRESENTE

Tradução:
MAGDA LOPES

martins fontes
selo martins

© 2013 Martins Editora Livraria Ltda., São Paulo, para a presente edição.
© Adriana Hidalgo Editora, 2010.
Esta obra foi originalmente publicada em espanhol
sob o título *Estética de laboratorio*.

Publisher	*Evandro Mendonça Martins Fontes*
Coordenação editorial	*Vanessa Faleck*
Produção editorial	*Cíntia de Paula*
	Valéria Sorilha
	Heda Maria Lopes
Preparação	*Fabiano Calixto*
Revisão	*Flávia Merighi Valenciano*
	José Ubiratan Ferraz Bueno
	Pamela Guimarães

Dados Internacionais de Catalogação na Publicação (CIP)
(Câmara Brasileira do Livro, SP, Brasil)

Laddaga, Reinaldo
    Estética de laboratório : estratégias das artes do presente / Reinaldo Laddaga ; tradução Magda Lopes. – 1. ed. – São Paulo : Martins Fontes - selo Martins, 2013.

Título original: Estética de laboratorio.
ISBN 978-85-8063-108-1

1. Arte - Filosofia 2. Estética I. Título.

13-04631   CDD-111.85

Índices para catálogo sistemático:
    1. Estética : Filosofia   111.85

Todos os direitos desta edição reservados à
Martins Editora Livraria Ltda.
Av. Dr. Arnaldo, 2076
01255-000 São Paulo SP Brasil
Tel.: (11) 3116 0000
info@emartinsfontes.com.br
www.martinsfontes-selomartins.com.br

SUMÁRIO

Introdução. As comunicações pessoais 9

Estética de Laboratório 31

Algumas maneiras de falar de si mesmo 33
Impenetrável 61
Um discurso potencial 73
A vida observada 111
Uma ecologia no subúrbio 131
Uma ópera de anjos da guarda 161
Epílogo. Insuficiências do pós-modernismo 205

Suponhamos que seja possível construir uma cadeia de conceitos e metáforas que nos permitam descrever coisas que, ao mesmo tempo, fazem os artistas que operam em domínios diferentes (nas letras, nas artes plásticas, no cinema, na música). Suponhamos que esse tempo seja o presente e que o vocabulário que construímos nos permita dizer de que maneira algumas das coisas que esses artistas fazem não poderiam ter sido feitas em nenhum outro momento (ou teria sido extremamente improvável que fossem feitas em outro momento). Suponhamos então que seja possível identificar certo número de particularidades das artes do presente e que, mobilizando essas metáforas e esses conceitos, possamos distinguir algumas das linhas de influência e ressonância que percorrem as cerimônias que se celebram naqueles domínios e nos entornos em que estão imersos. Finalmente, suponhamos que, apesar da incessante variedade de práticas que povoam o muitíssimo variável presente, possam ser propostas generalizações que nos permitam aprimorar nossas observações e refinar nossas ideias sobre o que constitui a singularidade das artes destes anos. Estas suposições estão no ponto de partida deste livro. As páginas a seguir são uma tentativa de avançar nessa direção.

INTRODUÇÃO
As comunicações pessoais

O que são as obras de arte?, perguntava-se Paul Valéry. E respondia que as obras de arte são "objetos no sentido material da expressão, ou sequências de ações, como acontece no teatro ou na dança, ou ainda somas de impressões sucessivas que também são produzidas por ações, como na música", que possuem um atributo adicional: esses objetos ou sequências de ações, quando funcionam, são, de algum modo, irredutíveis. Valéry prossegue:

> Este é um ponto que sem dúvida o leitor achará estranho e paradoxal, a menos que tenha chegado a esta mesma conclusão: a arte como valor (e basicamente estamos estudando um problema de valor) depende essencialmente desta não identificação, desta necessidade de um intermediário entre o produtor e o consumidor. É essencial que haja algo irredutível entre eles, que não haja comunicação direta, e que a obra, o meio, não aporte à pessoa que afeta nada que possa ser reduzido a uma ideia da pessoa e ao pensamento do autor.

[...] Não haverá nunca nenhuma maneira precisa de comparar o que aconteceu nas duas mentes; além disso, se o que aconteceu em uma delas fosse comunicado diretamente à outra, toda arte entraria em colapso, todos os efeitos da arte desapareceriam. O efeito da arte, o esforço que a obra do autor exige do consumidor, seria impossível sem a interposição, entre o autor e a audiência, de um elemento novo e impenetrável capaz de atuar sobre o ser de outro homem[1].

Segundo Valéry, na comunicação artística um indivíduo que, como qualquer outro, tem pensamentos, estados de ânimo e opiniões, elabora em um espaço isolado (um estúdio ou escritório) uma instância material singularmente opaca que, uma vez colocada em um espaço público, é capaz de afetar outro indivíduo, na mesma medida em que esse indivíduo não possa recobrar – não importa por quanto tempo nem com quanta intensidade observe a novidade e o enigma que lhe são apresentados – aquelas opiniões, pensamentos ou estados de ânimo, aqueles fenômenos cambiantes que compõem em cada momento o artista em sua realidade, digamos, civil. O êxito da operação do artista depende de que este consiga se ausentar do lugar onde outros recebem sua obra: se estivesse ali presente, em pessoa ou por delegação, se o espectador ou o leitor pudessem dele se aproximar física ou mentalmente, se pudessem interrogá-lo sobre as razões de suas ações e lhe pedir um juízo de sua efetividade, "todos os efeitos da arte desapareceriam". A

---
1. Paul Valéry, *Pièces sur l'art*, Paris, Gallimard, 1934; trad. cast.: *Piezas sobre arte*, Madri, Visor, 1999. Citado em Kojin Karatani, *Transcritique. On Kant and Marx*, Cambridge, MA, 2003, p. 232-233.

obra de arte é um painel que separa dois espaços: em um deles se encontra o artista; no outro, os espectadores; de um a outro viajam emissões desprendidas dos sistemas materiais e biológicos, mentais e tecnológicos, nos quais a obra começou a ser gerada. Se o painel fosse derrubado e os participantes da interação se confrontassem diretamente, cada um com seus instrumentos e suas máscaras, o que aconteceria entre eles não poderia ser entendido como uma produção de arte.

É claro que há outras cenas. Há diversas maneiras de observar as produções de arte: aquela de quem, em um museu, diante de um livro ou em um concerto, se encontra com um objeto da classe que Valéry descreve ou imagina, e a de quem visita, por exemplo, o estúdio de um pintor. Subimos ou descemos essa ou aquela escada, atravessamos esse ou aquele corredor, transpomos uma porta e ingressamos em um espaço em desordem. Como esse é um lugar de trabalho, os cabos que seguram as máquinas e os canos que transportam as substâncias permanecem expostos. Nesse espaço há algumas peças terminadas, mas também esboços ainda sem destino ou projetos que foram abandonados. Há também máquinas, instrumentos da indústria e computadores ligados. Além disso, há materiais: pinturas, mas também clipes fotográficos, alguns usados em telas, nas quais talvez não se os reconheça, e outros cravados nas paredes, caso um olhar casual descubra neles alguma coisa que seja susceptível de emprego. Há também dispositivos de modificação dos próprios estados mentais: bebidas, drogas, aparelhos de música ou de vídeo. No centro móvel da rede está o pintor, que nos fala discreta ou imperativamente do que está fazendo, do que há para ver no que está fazendo (nos indica determinados detalhes), do sentido mais geral do que se propõe, caso proponha algo e possa explicá-lo. E estamos nós, que opinamos e fazemos averiguações insistentes ou tediosas. A conversa que mantemos é irregular. Como todas as conversas, essa segue uma trajetória imprevisível, que não teríamos podido antecipar (mas costuma ser amistosa; afinal, somos conhecidos, nos chamamos por nossos primeiros nomes, temos uma relação pessoal). A observação se monta nessa trajetória, que é irreversível e está destinada a terminar no imediato. Nunca há tempo suficiente. Há que se passar, após cada instantâneo repouso, para outra coisa, e sempre ficará algo que poderíamos ter observado, mas cuja presença nos escapa, ou algo que, para economizar nossa atenção, fingimos não ter visto. No final da visita, a impressão que conservamos não é tanto a de ter visto uma série discreta de objetos, mas a de haver comprovado um estado do estúdio, que é o lugar onde há obras em potencial.

Eis aqui duas cenas de observação. Uma delas está organizada em torno de um objeto ou evento que um leitor, um espectador, o integrante de uma audiência, encontra nos tipos de espaços públicos estabelecidos há dois ou três séculos (bibliotecas, livrarias, salas de concerto, galerias de arte, museus); ao abordá-lo, o entende como o resultado de manobras que talvez possa inferir, mas cujo detalhe, nos exemplos mais aperfeiçoados, lhe escapa. A outra cena está organizada em torno do que alguém, por razões que está disposto a esclarecer (na medida em que tenha acesso a elas), mostra a outra pessoa – a quem conhece relativamente, dentro dos limites de um espaço privado – com o objetivo de intensificar ou reduzir, de modular pelo menos, a relação que têm compartilhado ou estão em vias de estabelecer. O melhor da arte moderna se concentra na exploração das potencialidades de verdade ou prazer que alojam as disposições da primeira cena. Uma parte importante do mais ambicioso e inventivo da arte dos últimos anos se deve a artistas cujo objetivo é construir dispositivos onde o prazer ou a verdade emerjam de operações de produção e observação que, mesmo quando executadas nos formatos e nos meios habituais, tendam a se aproximar do objetivo da visita ao estúdio: um artista se dirige a nós com a finalidade de induzir efeitos que não são inteiramente alheios aos que se esperava que induzissem as obras de arte de estilo antigo, mas onde nos é indicada a possibilidade de podermos encontrar elementos que nos permitam "formar uma ideia da pessoa e do pensamento do autor": este sou eu, nos diz o artista, em pessoa, não deveria haver nada entre nós. Mas se não houver outro recurso que faça a intermediação entre nós (um livro, uma fotografia, uma pintura), é preciso que esse elemento não seja impenetrável, que, embora estabeleça uma mediação que nos comunique e nos distancie, não anule nossa possível, embora às vezes ominosa, intimidade. A obra, se existe, não será um painel divisório, mas uma janela ou tela.

A meu ver, nada caracteriza tanto o estado do domínio das artes no presente quanto a frequência com que ali ocorrem cenas semelhantes. Um artista se expõe, mas não pretende que aquilo que exibe seja sua nudez definitiva. Sabe que todos suspeitamos que isso não é possível. Tampouco se expõe em um momento crítico qualquer de sua vida: um artista se expõe enquanto realiza uma operação em si mesmo. O que nos mostra não é tanto "a vida (ou sua vida) como ela é", mas uma fase da vida (ou da sua vida) que se desenvolve em condições controladas. Se quiséssemos usar uma terminologia antiga, diríamos que a visão que nos oferece se abre sobre um lugar em que alguém se consagra a realizar exercícios espirituais, mas exercícios dos quais uma instância central é precisamente a autoexposição. Entretanto, como já não tendemos a crer que o indivíduo é um composto de espírito e corpo, antes o imaginamos como um organismo dotado de um cérebro que controla sua presença em um mundo sempre em formação; como a religião nos entornos sociais em que nos movemos não é o discurso mais comum de referência; como grande parte das funções de interpretação e intervenção que a religião provia foi assumida pela medicina, com todos os seus departamentos, deveríamos dizer que, no local em que a tela da obra nos permite observar, há em curso algo como um *tratamento*.

Isso acontece em muitas das obras exemplares, os programas de produção cuja presença causa a curvatura própria das artes do presente. Algo semelhante pode ser encontrado nos textos de César Aira ou João Gilberto Noll, nos últimos livros de Sergio Pitol e em *The Enigma of Arrival*[2], de V. S. Naipaul, em alguns trabalhos relativamente recentes de Philip Roth (*Operation Shylock: A Confession*[3]) e de Joan Didion (*Where I Was From* e *The Year of Magical Thinking*[4]),

---

2. V. S. Naipaul, *O enigma da chegada*: romance em cinco partes, trad. Paulo Henriques Britto, São Paulo, Companhia das Letras, 1994. (N. E.)
3. Philip Roth, *Operação Shylock*: uma confissão, trad. Marcos Santarrita, São Paulo, Companhia das Letras, 1994. (N. E.)
4. Joan Didion, *O ano do pensamento mágico*, trad. Paulo Andrade Lemos, Rio de Janeiro, Nova Fronteira, 2006. (N. E.)

em grande parte da obra de W. G. Sebald, em todos os trabalhos de Pierre Michon, em numerosos momentos da obra de Annie Ernaux, nos escritos do norte-americano Dave Eggers (particularmente em suas memórias, *A Heartbreaking Work of Staggering Genius*[5]) ou do francês Emmanuel Carrère. Isso acontece em inúmeras publicações de escritores mais jovens. Cenas comparáveis têm lugar em todas as regiões do impreciso domínio da arte contemporânea, nas produções de Sophie Calle, Martin Kippenberger ou Andrea Zittel, de Bruce Nauman, Matthew Barney ou Pierre Huyghe. A cena do desnudamento do artista entre suas máquinas, incorporado à rede de seus dispositivos, se traduz na improvisação eletrônica, na música contemporânea de concerto, em algumas variedades do *hip-hop*.

Esses artistas, de maneira geral, atuam como se compreendessem que a execução de seus programas excede as capacidades do indivíduo em seu retiro. Mais ainda, que toda produção de arte demanda a integração de certo número de dispositivos materiais e interpessoais. Toda produção de arte é produção de mais de um. Tudo resulta de colaborações que podem ou não ser reconhecidas. Talvez seja por causa dessa compreensão que com frequência explorem formas de autoria complexa, formas que não são nem as mais características do antigo autor nem as que quiseram celebrar os ritos mais simples de sua ausência. Mas, como todo exercício de autoria complexa depende da existência das formas de organização que o permitam, muitos deles se ocupam de práticas de projeto institucional que consideram essenciais

---

5. Dave Eggers, *Uma obra enternecedora de assombroso génio*, trad. Jorge Pereirinha Pires, Lisboa, Quetzal, 2012. (N. E.)

para o seu trabalho e que esperam favorecer colaborações anômalas, comunidades temporárias que concebem como sistemas capazes de produzir alguns resultados (filmes, exposições, discos, textos), mas também como experimentos da vida em comum em entornos improváveis.

Os artistas que concebem a geração de obras ou processos de arte como momentos de um processo mais geral de regulação de si mesmos, em meio a uma rede de vínculos, também são propensos a outras coisas. Às vezes fabricam objetos que duram no tempo e se estendem no espaço. Quando o fazem, os materiais que preferem são materiais inferiores: papelão em vez de pedra, sons impuros em vez de tons plenos, imagens imprecisas ou borradas em vez de presenças completas. Evitam, desse modo, aqueles elementos cujo emprego tende a conformar arquiteturas límpidas e estáveis (o mármore, a língua da tradição escrita, as notas discretas do piano) ou a matéria em sua dimensão mais dramática (o excremento ou o sangue, a glossolalia ou o grito, o silêncio maciço ou o estrondo). O atributo principal das matérias que seus trabalhos mobilizam é a fragilidade; suas qualidades imediatas, a volatilidade ou a reserva; sua maneira de se estabelecer no mundo, aquela de quem ainda não chegou a um lugar do qual acha que deveria ir embora.

Os materiais em questão provêm com frequência da tradição remota ou recente; por isso, esses artistas começam formando coleções de peças de imagens, textos e sons que constituem o depósito onde esperam encontrar os germes das novas composições. Às vezes, o que fazem com essas coleções é, simplesmente, apresentá-las em plataformas não habituais. Mas, em todo caso, abordam os livros, as imagens, as composições anteriores como cristalizações momentâneas, já (e desde sempre) a ponto de perderem sua integridade ou seu sentido, de serem abandonadas por um mundo que modifica seu curso o tempo todo. Os materiais da tradição (se cabe usar desse modo essa palavra) são apresentados como somas precárias de estratos. Alguns desses estratos podem ser observados à plena luz; outros estão ocultos. Os estratos mais distantes ou secretos são, em geral, os que atraem esses artistas. A ironia, o pastiche, tornaram-se raros em suas práticas. As operações que realizam, confrontadas com os resíduos do passado, são da ordem da conservação, embora ao mesmo tempo compreendam que a conservação não é possível se não for acompanhada da exploração de potencialidades que não foram desenterradas ou descobertas.

As construções que incorporam materiais menores e estratigrafias do passado, as construções dos artistas que aqui me interessam possuem um equilíbrio apenas momentâneo: o de totalidades temporárias que estão debilmente integradas, cujas partes se encontram em vias de alcançar sua posição no conjunto e se destacam imperfeitamente do espaço em que aparecem, de modo que pode ser difícil indicar onde começam ou terminam. Essas criaturas de cores, sons ou palavras estão em um momento anterior ao de plena diferenciação. Sua relação com os espaços nos quais se apresentam é de intimidade. É como se quisessem se enraizar em domínios demasiado instáveis para permitir que se estabeleçam, sobre eles, locais de residência. Muitas vezes essas peças são oferecidas menos como objetos para observar do que como âmbitos entrecerrados nos quais evoluir. Entretanto, como são demasiado vastos e vagos, demasiado evanescentes e difusos, cada trânsito por elas (e a observação que exigem deve cobrar a forma de um trânsito) tem que ser experimentado como um percurso parcial de sua extensão: fazer a experiência dessas produções é um pouco como abrir um canal em um terreno ou um túnel em um promontório.

É natural que, quando esses artistas narram um tema (porque são propensos a narrar), sua obsessão não seja tanto a história dos indivíduos separados ou das comunidades mais ou menos orgânicas, mas a história das relações entre criaturas que não possuem de antemão um horizonte comum, que se encontram em territórios cujas coordenadas desconhecem, que não falam talvez as mesmas línguas e que, ao terem caído juntas no entorno no qual se encontram, inventam ou improvisam as normas cambiantes que regularão, bem ou mal, a relação no curso do seu desdobramento. Essas composições de indivíduos, essas redes de relações estão montadas em uma flutuação da qual são remansos ou cristas.

Uma parte considerável do mais ambicioso e inventivo da arte (da música, das letras, das artes plásticas) do presente acontece no lugar em que confluem e se articulam estas estratégias: a apresentação do artista em pessoa na cena de sua obra, realizando algum tipo de trabalho sobre si mesmo no momento de sua autoexposição; o uso de materiais menores, como as lâmpadas elétricas no domínio da luz, as saudações mais casuais no da linguagem e, no campo do som, os golpes dos nós dos dedos na madeira; a constante visita a produções do passado que são abordadas como conjuntos de estratos, como jazigos ou reservas onde foram depositados elementos que deveriam ser recolhidos e preservados; a construção de arquiteturas difusas, apenas diferenciadas do espaço em que chegaram a existir e ao qual logo quiseram se reintegrar; o interesse pelas colaborações anômalas, que são a condição de produções de um tipo particular, mas também locais de indagação das possibilidades de relação inter-humana; a exploração imaginária das relações entre criaturas que caíram em espaços onde o horizonte não é visível e devem persistir na relação como puderem.

Nos capítulos a seguir, o leitor encontrará um conjunto de descrições das diversas maneiras de associação desses motivos em uma série de empreendimentos artísticos dos últimos dez anos: em textos de J. M. Coetzee e Mario Levrero, em trabalhos dos artistas (no sentido de "artistas plásticos") Thomas Hirschhorn e Bruce Nauman, Pierre Huyghe e Roberto Jacoby, em composições de Robert Ashley e Steven Stapleton, Keith Rowe e Toshimaru Nakamura. A meu ver, cada um deles é paradigmático de toda uma categoria de produções. Meu objetivo, ao abordá-los, tende menos a descobrir sua mais irredutível particularidade do que a decifrar os traços gerais das categorias que exemplificam. Para fazê-lo, reuni uma coleção de conceitos e metáforas. Ao empregar tais metáforas e conceitos, uma série de continuidades e de vínculos deveria se tornar evidente: a associação de produções originadas em domínios diferentes (a continuidade que existe entre produções de escritores, músicos, artistas, além de cineastas e gente de teatro); a lógica da coexistência, em um determinado programa, de estratégias diversas (a paixão pela exibição pessoal e o interesse pela produção colaborativa, a tendência de narrar as alternativas de relações anômalas e o desenvolvimento de procedimentos de *sampling*). Por fim, as variadas conexões que existem entre as diferentes práticas em seu desenvolvimento no presente e as transformações que vêm acontecendo nos ambientes em que vivem e trabalham os artistas.

A questão é por que os desenvolvimentos enumerados ocorrem precisamente agora. Uma resposta é evidente: porque o elemento do qual vive a arte é a novidade. O mais espontâneo dos cálculos que um artista faz é o que tem como objetivo conceber, a partir de uma avaliação do estado das práticas no momento em que seu trabalho é realizado, quais possibilidades permanecem ainda não exploradas ou foram pouco exploradas. A mais básica das matérias na educação do artista é aquela na qual se aprende a fazer esse cálculo. Mas as novidades não podem ser concebidas sem que se consinta algum dos axiomas, os pressupostos talvez não expressos que estruturam o território em que se origina tal concepção. Os artistas operam como operam porque se formaram em culturas artísticas organizadas em torno de certas exigências. Há alguns anos, Peter Sloterdijk propunha uma fórmula que me parece totalmente válida: "O conceito fundamental verdadeiro e real da modernidade não é a revolução, mas a explicitação"[6]. Levar ao primeiro plano o que permanecia no fundo, manifestar o que se ocultava, desdobrar o que estava recolhido, tornar visíveis as condições: isso significa ser moderno. A potência desse gesto ainda não está (nem estará por muito tempo) extenuada.

---
6. Peter Sloterdijk, Écumes (Sphères III), Paris, Maren Sell, 2003, p. 77; trad. cast.: *Esferas III: Espumas. Esferología Plural*, Madri, Siruela, 2006.

Mas os artistas não operam somente a partir de uma avaliação do passado imediato de suas práticas, e sim reagem ao que acontece em torno deles, em seus círculos mais imediatos e também além dos âmbitos em que vivem: toda produção da arte é social no mais minucioso de seus sulcos. Isso ocorre de tantas maneiras que a antiga pergunta sobre a relação entre a arte e a sociedade não pode começar a ser respondida devido à quantidade de respostas que se acumulam tão logo se começa a falar sobre o tema. Em cada um dos capítulos que se seguem especificarei alguma dessas maneiras, em relação a cada produção particular. Mas talvez valha a pena enumerar, de início, entre as linhas de tensão que compõem o presente, quais são aquelas que, a meu ver, devemos contemplar quando pensamos nas direções que a arte está seguindo. Como muitos, creio que vivemos em tempos em que as formas institucionais, organizacionais e ideológicas constituídas desde meados do século XIX, e que até pouco tempo definiam os marcos de nossa vida comum, perdem sua integridade e definição: vivemos no possível final da época das sociedades. É isso que defende Alain Touraine em seu recente livro *Un nouveau paradigme*, no qual propõe que o momento nos demanda que encontremos, descubramos ou inventemos um novo paradigma para descrever os tipos de processo que conferem o perfil e a forma peculiar ao nosso universo histórico. Novo em relação a quê? Em relação ao paradigma que dominava até ontem – até hoje – as descrições dos indivíduos na inter-relação que propunham os intelectuais, os acadêmicos, as agências do governo e até mesmo os meios de comunicação. Segundo esse paradigma, o contexto relevante para os atos individuais, o que os explica e contém, são esses "sistemas integrados e portadores de um sentido geral definido ao mesmo tempo em termos de produção, significação e interpretação"[7], diz Touraine, nos quais pensamos quando falamos de sociedades. Os indivíduos, indicava o paradigma, são como são, possuem arquiteturas de ideias e hierarquias de desejos em razão de sua posição nesses sistemas, posição esta que foram adquirindo no decorrer dos processos do que costumávamos chamar (suponho que ainda o façamos) de "socialização". Nesse universo, às agências de socialização (à família, à escola, às burocracias, às empresas) era solicitado ou imposto que operassem de tal modo que suas ações favorecessem a conservação da integridade da sociedade, integridade que era vista como um bem supremo. Esse paradigma de criação europeia substituiu, a partir do século XVIII (embora a princípio muito lentamente), o paradigma "político" que havia dominado o espaço europeu no início da modernidade (segundo o qual o indivíduo devia atuar de maneira a conservar a integridade de um corpo cuja unidade estava assegurada pela figura do rei), mas conservou dele ao menos um elemento: a ideia de que as ações dos indivíduos devem ser governadas pela reverência a uma totalidade que os antecede e os transcende.

Se há um traço característico dessas décadas é o aprofundamento sempre acelerado de dois impulsos próprios da modernidade: o impulso de cada indivíduo para reclamar o

---

7. Alain Touraine, *Un nouveau paradigme. Pour comprendre le monde d'aujourd'hui*, Paris, Fayard, 2005, p. 11; trad. cast.: *Un nuevo paradigma para comprender el mundo de hoy*, Barcelona, Paidós, 2005. Em todos os lugares onde não esteja explicitamente mencionado, a tradução é minha.

seu direito e a sua capacidade de governar a si mesmo, sem referência a totalidades às quais deveria reverência, sejam as sociedades nacionais ou as totalidades próprias do universo social que constituem as classes sociais, no contexto de uma perda constante de prestígio dos atores coletivos, e o impulso de operar sistematicamente de maneira orientada ao cultivo de sua experiência particular, associando-se às vezes a outros indivíduos em grupos atualmente menos definidos por sua pertença de origem do que pelas formas culturais que compartilham. É em virtude da generalização deste impulso que hoje, um pouco em toda parte, afirma Touraine, estamos em condições de sair do universo que já havia se estabilizado no início do século XIX e alcançado sua forma madura nas sociedades do pós-guerra, e ingressar lenta ou vertiginosamente em um universo pós-social. Esse universo se caracteriza pela resistência dos indivíduos que o povoam a subordinar a construção da própria vida ao benefício de alguma daquelas totalidades: a Nação, a Classe, o Partido, alguma das formas da Causa. Isso tem profundas consequências: a verdade é que, há dois séculos, a arte começou a ser concebida como Causa. Por isso toda operação artística podia ser vista como uma manobra cujo principal objetivo era assegurar a integridade e o desenvolvimento, inclusive o avanço da Causa. A arte como tal, em sua idealidade, se convertia em objeto de reverência; mas essa reverência se dissipa no universo modificado em que vivemos.

É claro que a construção da própria vida que é nossa fatalidade se realiza na incerteza, por várias razões às quais Touraine, em seu livro, talvez não dê a importância que têm. Por um lado, a construção da própria vida se realiza em um espaço comunicativo particular: em um espaço estruturado pelo que John Thompson chama de "tecnologias da proximidade": a televisão e a internet. Essas tecnologias permitem uma forma de vínculo entre indivíduos que não recorre às maneiras da interação cara a cara, em que dois ou mais interlocutores compartilham um ponto definido do espaço, mas tampouco ao tipo de "publicidade mediada" característica de séculos anteriores que possibilitou o desenvolvimento dos meios impressos. Essa forma de vinculação se caracteriza porque nela ocorre uma apresentação ao mesmo tempo simultânea e desprovida de espaço, que possui traços em comum com o universo da interação cara a cara (na medida em que se efetua simultaneamente) e com o universo do impresso (que permite a comunicação para além de localidades particulares), mas que dá lugar a uma forma particular de disposição da cena de emissão e recepção. "O desenvolvimento dos novos meios de comunicação – escreve Thompson – provocou a emergência de uma publicidade desprovida de espaço que permitia uma forma íntima de apresentação de si liberada das constrições da copresença", de tal maneira que admitia a formação de "uma sociedade em que era possível, e de fato cada vez mais comum para os líderes políticos e outros indivíduos, aparecer frente a audiências distantes e revelar algum aspecto de seu eu ou de sua vida pessoal"[8]. Para Thompson, o nome próprio dessa variedade de sociedade, a nossa, deveria ser "a sociedade da revelação de si" ("the

---

8. John B. Thompson, Political Scandal. *Power and Visibility in the Media Age*, Cambridge, UK, Polity, 2000, p. 40; trad. cast.: *El escándalo político: poder y visibilidad en la era de los medios*, Barcelona, Paidós, 2001.

society of self-disclosure" é a expressão inglesa, cujas conotações a expressão castelhana não traduz).

Por outro lado, a construção da própria vida se realiza em uma cultura crescentemente científica: o saber da neurologia, em particular, e as formas da psicofarmacologia propõem uma série de modelos segundo os quais o indivíduo concebe a si mesmo como modificável. A antiga "voz da consciência" é substituída por um murmúrio de interpretações que adquirem o tom do discurso médico, terapêutico, dietético e, acima de tudo, econômico. Os indivíduos são incitados a conceber a racionalidade como um produto frágil do funcionamento cerebral, e a si mesmos como montagens cada vez mais singulares de módulos de ordem muito diversa. A experiência, pensamos, depende da ação de um sistema estendido, feito de acoplamentos e colaborações íntimas entre o cérebro, o corpo e o mundo. A experiência, radicalmente temporal e dinâmica, não pode ser concebida separada das complexas estruturas neurobiológicas e dos processos que ocorrem no cérebro do agente, nem dos nichos em que essas estruturas residem e esses processos se desenvolvem.

Aos indivíduos nos universos contemporâneos, nos entornos em que operam os artistas, é proposto e inclusive se obriga a que concebam suas trajetórias através do espaço e do tempo, como sequências abertas que, periodicamente, intersectam instituições crescentemente inseguras do seu papel, por sua vez inseridas em domínios muito determinados pela ausência de fortes programas de ação coletiva. Nesses universos se tende a abandonar a ideia de que as coletividades são capazes de regular de forma eficaz o que as afeta, de maneira que os indivíduos vivem sob a consciência de se confrontar com uma série de mutações e de crises que não se inserem mais em um futuro determinado. Nesses universos, os processos se tornam opacos e pode (costuma) parecer aos agentes neles implicados que escaparão por completo do seu domínio. Mutações por vezes catastróficas pontuam a vida em espaços cotidianos que adquirem uma densidade peculiar e se tornam territórios da vertigem, tecidos de microeventos dos quais pode ser difícil especificar em que direção se movem – se é que se movem em alguma direção –, o que suscita em seus habitantes uma disposição particular: a urgência. Urgência que corresponde também à consciência de que todo presente é possivelmente o final: em um universo onde o passado perdeu sua autoridade e o futuro sua promessa, nada mais poderia ser o objeto de nossa atenção. E por que o passado pode ter perdido sua autoridade? Porque toda tradição é percebida como contingente, contraditória, passível de ser revisada. Embora, para sermos mais precisos, visto que tudo aquilo que é passível de ser revisado, contraditório e contingente carece do caráter que associávamos à figura da tradição, teríamos de dizer que estamos em tempos pós-tradicionais. E o futuro, por que teria perdido sua promessa? Devido à consolidação de uma consciência aguda de finitude. Não somente de finitude pessoal, mas de finitude do que é para nós a totalidade mais relevante: o planeta. Não é a primeira vez que os humanos vivem na espera do cancelamento de tudo aquilo que possibilita a vida tal como chegaram a conhecê-la. Mas agora não há nenhuma expectativa (a não ser em grupos de forte religiosidade) de intervenção providencial: o fim antecipado tem a forma de uma gradual, embora rápida, cessação.

Nos universos em que são produzidas as obras que descrevo nas páginas seguintes, é comum que os indivíduos padeçam, no que concerne às coletividades, de uma ambivalência: por um lado, percorre-os uma vontade de se incorporar a formações coletivas, mas ao mesmo tempo são singularmente sensíveis aos efeitos indesejáveis dessas formações. Isso lhes acontece em um contexto em que o social é menos visto como um sistema integrado e hierarquizado que como uma coleção de nichos entrecerrados, que entram em ressonância ou comunicação apenas em acontecimentos rituais (mobilizações, acontecimentos esportivos, concertos) que propõem uma série de participações fugazes, intensas e ao mesmo tempo distantes. E em cada nicho não se pode desconhecer que as regras explícitas e os saberes tácitos, as leis e os hábitos são regras, saberes, hábitos e leis, e que a ação é, cada vez, uma bricolagem de elementos culturais provenientes de órbitas que costumavam estar distanciadas. Nesses universos, os indivíduos têm a sensação, cada vez mais maciça, de viverem numa pluralidade de domínios e de serem capazes de se vincular ao mundo de pessoas e de objetos com a ajuda de códigos com respeito aos quais desenvolvem, inevitavelmente, doses crescentes de suspeita e distanciamento. Por isso, participam da vida entre outros, mas de maneira tentativa, e são leais aos seus nichos, mas com desconfiança. Tomo estas expressões do sociólogo peruano Danilo Martuccelli, que sugere que, em um contexto de desconfiança generalizada, os indivíduos tendem a combinar, em seus encontros com qualquer coletividade, a "participação imperfeita" com as "lealdades desconfiadas"[9]. Assim emerge, segundo Martuccelli, uma forma particular da individualização, caracterizada por uma vontade exacerbada de ser si mesmo, prescindindo das expectativas sociais e com uma consciência de que não há nada em cada um que não seja produto da relação com outros. Isso acontece em um universo em que se vive sem dramatismo o desencantamento do mundo, a consciência de que cada um possui um saber incompleto e inadequado sobre si mesmo e a experiência de viver em um mundo hipercomplexo sobre o qual nenhum dos atores possui controle. Nesse universo, pode-se dizer dos indivíduos que *"sua consciência individual nunca foi tão social, sua experiência do social nunca foi tão individual"*[10].

De modo que nos entornos nos quais se movem os artistas conjuga-se uma série de figuras: um indivíduo que regula sua relação consigo a partir da exigência de ser ele próprio, mas que compreende que em cada um de seus recintos tem lugar uma relação; um indivíduo que se concebe integramente social em um momento em que as formas de constituição do mundo inter-humano que a primeira modernidade produziu se desintegram e emerge uma forma de sociedade como aglomeração de nichos; um indivíduo que vive no momento de declínio do prestígio daquelas totalidades (a Sociedade, a Revolução, a Arte) que reclamavam dele ou dela uma disposição sacrificial; um indivíduo que vive em uma fase de incrementada consciência ecológica, sobre o

---

9. Danilo Martuccelli, *Forgé par l'épreuve. L'índividu dans la France contemporaine*. Paris, Armand Colin, 2007, p. 278.
10. Ibid., p. 450.

pano de fundo do possível esgotamento da vida no planeta; um indivíduo cuja experiência da proximidade e da distância está modificada pelo desenvolvimento de novas tecnologias de comunicação; um indivíduo para quem o modelo principal de trabalho sobre si mesmo não é a religião nem a filosofia, mas a terapia; um indivíduo, finalmente, que se concebe como sistema biológico em intercâmbio permanente com o espaço em que vive.

Isso, naturalmente, não é tudo, mas deve ser suficiente, por enquanto, para que o leitor possa situar os contornos que este livro propõe da imagem das artes no presente; uma imagem tomada em movimento, por assim dizer. Uma imagem composta de outras imagens compostas ao longo de um período de vários anos, às vezes para ocasiões particulares e outras visando ao conjunto ou à amostragem que este livro constitui. Os capítulos que se seguem se concentram na identificação de uma maneira específica – bem exemplificada pelos livros recentes de J. M. Coetzee – de apresentar o escritor no lugar em que se movem seus personagens de ficção e, desse modo, associar as maneiras de ficção e as de confissão, a autobiografia, o informe pessoal; no tipo de exercício sobre si mesmo que supõem e quiseram induzir os últimos livros do extraordinário escritor uruguaio Mario Levrero; na análise de um projeto do artista Thomas Hirschhorn, que esteve tentando articular a produção colaborativa e a vasta tradição de uma arte de objetos instalados na distância, fontes de força e de sentido para a observação individual, a fim de que esses objetos se ativem de maneiras incomuns e de que as colaborações assumam formas improváveis; em dois projetos (um é um disco de música eletrônica;

outro, uma *performance*) em que se desenvolvem os prazeres e terrores associados ao controle ou à sua ausência, em um universo onde as figuras do controle se multiplicam; em uma descrição dos usos da voz na música recente (especialmente na ópera), sobre o pano de fundo da longa história da voz e de suas associações com as imagens de felicidade, liberdade e virtude em certa genealogia europeu-americana; em uma discussão sobre a validez (declinante, a meu ver) da mais famosa descrição, a de Fredric Jameson, do que há décadas começamos a chamar de "pós-modernismo".

Eu dizia anteriormente que as análises de objetos particulares constituem aqui o meio para a construção de categorias e figuras que nos ajudem a visualizar com maior nitidez o panorama móvel em que vivemos e desenvolvemos nossas práticas. Quão exemplares são esses objetos? Não tenho a impressão de ser capaz de dar a essa pergunta uma resposta particularmente definitiva. Cabe ao leitor decidir quanta clareza lhe aportam estes textos no momento de observar não só os objetos em que se detêm, mas também (e sobretudo) outros programas artísticos, outras obras, inclusive as produções de outras disciplinas.

Estética de Laboratório

ALGUMAS MANEIRAS DE FALAR DE SI MESMO

1

É evidente que uma das peculiaridades da literatura destes anos é a propensão, entre narradores, a publicar memórias, autobiografias, opiniões pessoais. Mas o verdadeiramente curioso é a frequência com que são escritos e publicados livros em que as maneiras de se dirigir a nós, as quais habitualmente associamos à tradição do romance, se mesclam em proporções variáveis com as maneiras da confissão, a revelação das circunstâncias pessoais, os gestos e disfarces do grande teatro da apresentação de si mesmo, a enumeração aberta das próprias e prosaicas opiniões. Um escritor fala em nome próprio, mas sem realizar os tipos de diferenciação que eram comuns: um escritor fala em nome próprio, descreve a circunstância em que se encontra e as coisas que pensa dessa circunstância, no mesmo lugar, na mesma página ou no mesmo livro, em que desenvolve fabulações às vezes extremas, de modo que a nós, seus leitores, poderia parecer que não distingue entre uma coisa e outra. Essa maneira se tornou tão normal que talvez não demos conta de quão estranha é sua reiterada presença. A norma mais antiga da nossa linhagem literária (pode-se encontrá-la na *Poética*, de Aristóteles, que sem dúvida codificava uma prática normal em sua época) é a que diz que todo aquele que quiser escrever um texto de ficção autenticamente valioso deve começar por apartar-se da estrutura da superfície que compõe[1]. A modernidade clássica elevava essa norma até a apoteose: para Woolf, para Joyce, para Kafka, o ideal de impessoalidade (que lhes parecia, com razão, que havia guiado Flaubert, o precursor definitivo) era uma peça central do edifício, e Proust se enfurecia com Balzac por sua incapacidade de não se fazer notar nas narrações que escrevia, sua propensão a deixar que suas ambições, ansiedades, ideias gerais, preferências, permanecessem (como restos lamentáveis, pensava ele) em seus escritos. Beckett, Rulfo, Guimarães Rosa construíam suas arquiteturas com linhas de vozes atópicas, pressupondo sem dúvida que o que mantém em

---

1. Aristóteles formulava a norma da seguinte maneira: "o autor deve falar como autor o mínimo que puder, porque quando o faz deixa de ser um artista". Nicholas Lowe, autor de um extraordinário estudo da gênese e estrutura da forma canônica da trama narrativa na tradição europeia, chama essa norma de o princípio de "transparência": "O dever [...] da trama clássica é apagar toda marca palpável de sua própria existência. O autor, o texto, o leitor têm que se fundir sob a superfície da atenção consciente, com todo o elaborado sistema de modelação e decodificação que os conecta. Fica somente a história, ou o modelo interior que o leitor tem dela. A ficção e a realidade intercambiam posições cognitivas por algum tempo: a história, e somente a história, torna-se o mundo real, e os mundos exteriores são suspensos". (N. J. Lowe, *The Classical Plot and the Invention of Western Narrative*, Cambridge, UK, Cambridge University Press, 2000, p. 73-74). A boa narração deveria então ser construída de modo que o leitor, ao se encontrar com ela, possa esquecer que o que está lendo é o resultado de um ato de escrita realizado por um indivíduo particular em um espaço e lugar também particulares. Por isso, o autor deve minimizar ao máximo a sua presença no texto, para não obstruir o exercício do leitor. A narração deve se desenvolver como se constantemente surgisse de si mesma.

suspenso a curiosidade dos leitores, ali onde não se contam histórias particularmente extraordinárias, é a sua dificuldade de identificar as fontes e identidades das vozes que os escritos lhes oferecem. Essa tradição se mantém viva em nossa cultura literária graças, sobretudo, à adesão aberta a esse ideal de alguns teóricos particularmente influentes: um Barthes (mas não o último), um Deleuze, um Foucault, que, ao realizar o elogio de uma linguagem sem sujeito ou o de obras nas quais lhes parecia decifrar um eclipse da pessoa, respondiam a um imperativo que esteve sempre entre nós.

Mas, a meu ver, o definitivamente intrigante é a frequência com a qual essa manobra aparece articulada com outros três motivos: é uma manobra que tendem a realizar escritores que (1) professam a crença em que uma literatura verdadeiramente ambiciosa devia, hoje em dia, ser construída com materiais pobres; (2) preferem as maneiras da comédia, mas de uma forma particular (digamos, peculiarmente dolorosa); e (3) narram, quando se põem a narrar, as alternativas das relações entre criaturas que não possuem um horizonte comum, que se encontram em espaços sem a menor familiaridade e que devem descobrir, como puderem, as normas que governam seu desenvolvimento. A associação desses motivos é tão frequente que eu me inclinaria a dizer que emergiu um subgênero: a patética comédia do escritor que se nos apresenta semimascarado, em meio a seus personagens, que vivem (como ele) em mundos sem forma e, ao se encontrarem, começam a improvisar os mecanismos pelos quais edificam mundos comuns.

Os antecedentes dessa criatura não são muitos: penso na obra de Witold Gombrowicz, na de Michel Leiris e em alguns momentos de Jorge Luis Borges (no Borges de um relato como "O aleph"). Perfeitamente formada, é possível encontrá-la na obra tardia de Clarice Lispector. Também nos livros de W. G. Sebald, em diferentes aproximações do "tipo ideal"; em *Harmonias celestes*, uma extraordinária associação de fábulas e memórias de Péter Esterházy; nas coleções de Pierre Michon; em alguns textos de Joan Didion e em quase todos os de Fernando Vallejo; nos últimos livros de João Gilberto Noll e, com frequência, naqueles de César Aira. Alguns dos escritores mais interessantes entre os mais jovens praticam essa modalidade: penso em Dave Eggers, em Sergio Chejfec, em Emmanuel Carrère, em Bernardo Carvalho. Mas se o leitor quiser encontrar sua encarnação mais completa, deverá consultar a obra dos últimos anos do escritor sul-africano J. M. Coetzee: a obra escrita depois do romance intitulado *Desonra* [*Disgrace*][2], que foi publicado em 1999.

É difícil resumir um livro tão intrincado como *Desonra* nas poucas palavras que um ensaio requer. O esqueleto, em sua versão mais esquálida, é este: um professor universitário, aos cinquenta anos de idade, seduz uma estudante trinta anos mais jovem; o *affair*, penosamente, é revelado, e a revelação acarreta – sendo este um país anglo-saxônico na época do que o espanhol chamará de "acoso sexual" [assédio sexual] – o final de sua carreira. Agora sem trabalho e de certa maneira desterrado, o professor visita sua filha que vive em uma granja no campo, na tensão da África do Sul de finais do século que acaba de terminar. Poucos dias se

---

2. J. M. Coetzee, *Desonra*, trad. José Rubens Siqueira, São Paulo, Companhia das Letras, 2003. (N. T.)

passaram quando a casa é atacada por três homens: o pai é ferido; a filha, violentada. Após o ocorrido, David Lurie, "o professor infrator", passa a trabalhar (por nada, para encher o tempo) em uma clínica para animais, onde se ocupa da piedosa eliminação dos cadáveres das criaturas mortas. Descobriu aspectos do mundo, dos outros e de si mesmo que desconhecia, mas a exploração se detém depois do incidente, quando, espantado, inclusive nauseado por certo processo que foi iniciado na granja, certa forma de relação entre sua filha, os trabalhadores anteriores e suas famílias estendidas, regressa à cidade e encontra sua casa devastada. Não há razão para permanecer ali, mas tampouco para estar em outra parte. Não há razão para se mover em nenhuma direção, mas, ao saber que sua filha espera um filho de seus violadores, Lurie regressa ao campo, retira-se em uma pequena residência para esperar e, enquanto espera, compõe uma ópera que está destinada (ele sabe disso tão bem como nós) a nunca ser executada.

Não importa, para meus objetivos, a pobreza do resumo: essa ópera me interessa. O plano que Lurie havia inicialmente concebido era o de narrar a história de lord Byron e uma amante italiana, a condessa Guiccioli, captados pelo libreto e pela música em um momento de crise da sua relação. Teresa Guiccioli é muito jovem e está casada; Byron, há tempos, a seduziu. Ela, que se sente presa em seu casamento, pede ao seu sedutor que a liberte, com uma urgência que alimenta a recordação dos êxtases que viveram juntos. Mas Byron começou a envelhecer, e hesita; de nossa parte, sabemos que ele nunca atenderá aos rogos de sua enamorada, que as demandas contínuas de Teresa se extinguirão em sua obstinada indecisão. Na imagem que vai se definindo na mente de Lurie, "as árias galopantes de Teresa não acendem nele nenhuma chama; sua própria linha vocal, confusa e repleta de volutas, passa sem deixar marca através dela, ou por cima"[3]. E o texto, *Desonra*, nos esclarece: "Assim ele a havia concebido [a ópera]: uma peça de câmara em torno do amor e da morte, com uma jovem apaixonada e um homem de idade já madura cuja capacidade de paixão foi muito famosa, embora agora seja apenas uma lembrança; uma trama em torno de uma musicalização complexa, intranquila, relatada em um inglês que continuamente tende a um italiano imaginário"[4].

Não deveria ser difícil para nós imaginar essa peça feita de linhas arrebatadas que pretendem descrever um momento de decisão no qual a vida alcança seu clímax: pensemos, por exemplo, no Brahms tardio ou no Schoenberg inicial. Mas não é necessário que o façamos: essa primeira ópera nunca será terminada. Lurie, em sua desonra, pode conceber as linhas de Byron, mas não as de Teresa. É que "a Teresa que a história lhe legou – jovem, ambiciosa, caprichosa, petulante – não está à altura da música com a qual sonhou"[5], e o projeto entra em uma zona de impasse até que Lurie muda de ideia: resolve imaginar Teresa não em sua juventude, amante de um Byron ainda jovem, mas anos mais tarde, quando se transformou, irremediavelmente, em uma viúva e vive com seu avarento pai. Byron morreu; Teresa

---

3. J. M. Coetzee, *Disgrace*, New York, Penguin Books, 1999; trad. cast.: *Desgracia* (M. Martínez-Lage), Barcelona, Mondadori, 2000, p. 212.
4. Ibid, p. 212.
5. Ibid, p. 213.

revê as cartas que ele lhe enviou. Agora é uma mulher madura, gorducha e asmática que se deprime com os rumores que regularmente chegam até ela (de que, para Byron, foi apenas mais uma conquista italiana entre outras); agora é "uma mulher que deixou de estar na flor da idade, uma mulher sem expectativas, que esgota seus dias em uma tediosa cidade de província, que troca visitas com as amigas, que massageia as pernas de seu pai toda vez que este as tem doloridas, e que dorme sozinha"[6]. A composição, apesar disso, ou por isso mesmo, não se concentrará em Byron, mas nela.

Mas essa mulher, evidentemente, não pode ser o veículo da música brilhante concebida pelo compositor aficionado. Tampouco Byron. Na outra ópera, que começa a ser esboçada na casa saqueada e que continuará na África do Sul rural, no local da execução piedosa dos cães enfermos, é um espectro que chega ao domicílio de Teresa respondendo ao seu chamado, um espectro de voz desvanecida: "Tão tênue, tão vacilante é a voz de Byron que Teresa vai entoar suas próprias palavras e devolvê-las, ajudá-lo a respirar uma e outra vez, recuperá-lo para a vida: seu menino, seu rapaz"[7]. De modo que agora as palavras de Teresa serão aquelas que Byron não consegue acabar de pronunciar, mas sugere ou sussurra: o espectro no qual se converteu pende do antigo mundo seu, do nosso, dos vivos, pelo fio da voz que Teresa lhe empresta. O choque das vozes na paixão que teria sido o centro da antiga ópera transformou-se em abraços ou carícias. Lurie não sabe que música corresponderá a essa nova peça; começam a lhe ser apresentados retalhos de ideias

---
6. Ibid., p. 214.
7. Ibid, p. 215.

musicais que tenta fixar no piano, embora ainda não consiga lhes dar forma. Mas descobre que o piano não é o instrumento adequado para as melodias dessa ópera de mortos e entrevados: "Há algo no próprio som do piano que o incomoda: é demasiado redondo, demasiado físico, demasiado rico"[8].

E então Lurie encontra, no desvão da casa, um pequeno banjo que havia comprado de um ambulante na rua, há anos, para sua filha. Agora, "com a ajuda do banjo começa a anotar a música que Teresa, ora sofrida, ora colérica, cantará para seu amante morto, e que esse Byron de voz pálida cantará para ela da terra das sombras"[9]. E então, "quanto mais a fundo segue a *contessa* em seu périplo pelo Averno, quanto mais canta suas linhas melódicas ou mais cantarola sua linha vocal, mais inseparável dela, com grande surpresa de sua parte, passa a ser o ridículo som contínuo e desagradável do banjo"[10]. Assim, "sentado à sua mesa, enquanto contempla o jardim invadido por ervas daninhas, [Lurie] se maravilha com o que está lhe ensinando o banjo de brinquedo. Seis meses antes havia pensado que seu próprio lugar espectral em *Byron na Itália* ficaria em um ponto intermediário entre o de Teresa e o de Byron: entre o anseio de prolongar o verão do corpo apaixonado e a comemoração, de má vontade, do longo sonho do esquecimento. Equivocava-se. Não é o elemento erótico que o chama, nem o tom elegíaco, mas a comicidade. Na ópera, não figura como Teresa nem como Byron, tampouco como uma espécie de mistura de ambos: está contido na própria música, na vibra-

---

8. Ibid, p. 216.
9. Ibid, p. 216.
10. Ibid., p. 216.

ção plana e metálica das cordas do banjo, a voz que se empenha em se distinguir e se afastar desse instrumento absurdo, mas que é continuamente retida como um peixe no anzol"[11].

Lurie, até o final do romance, está alojado nas proximidades do local de matança dos animais. Trabalha na composição dessa obra sem destino, privada, anônima, secreta. Pensa em Teresa, que espera que Byron volte e a arranque do confinamento em que se encontra. "Pega o bandolim da cadeira sobre a qual descansa. Embalando-o como a um bebê, vai até a janela. *Plinc, plonc*, diz baixinho o bandolim em seus braços, para não despertar o pai. *Plinc, plonc*, ressoa o banjo em um pátio desolador da África."[12] E o patético recital prossegue em sua marcha perturbada, adequada por isso à peça que Lurie compõe, e que "carece – lemos – de ação, de desenvolvimento, não é mais que uma estática cantilena que Teresa lança ao vazio, ao ar, pontuada de vez em quando pelos gemidos e os suspiros de Byron, sempre fora de cena"[13].

Isso é tudo, embora reste uma secreta expectativa: "que em algum lugar, em meio à miscelânea sonora, saia direto ao céu, como uma ave, uma só nota, uma nota autêntica de anseio de imortalidade"[14]. Mas ninguém pode garantir que isso vá acontecer; caso aconteça, será sem que Lurie o saiba. A última cena de *Desonra* é enigmática. Lurie está no pátio da clínica na qual ainda trabalha. Nesse pátio há um cão jovem que arrasta uma de suas patas e às vezes, à sua maneira grotesca, quando está solto, corre. Como ninguém o ado-

---
11. Ibid., p. 217.
12. Ibid., p. 250.
13. Ibid., p. 250.
14. Ibid., p. 250.

ta, em pouco tempo será executado e Lurie o estará conduzindo ao crematório. O texto esclarece:

> O cão é fascinado pelo som do banjo. Quando pulsam as cordas, o cão se ergue, inclina a cabeça, escuta. Quando toca a melodia de Teresa, e quando cantarola essa linha melódica e começa a se encher de sentimento (é como se sua laringe engordasse: sente o pulsar do sangue no pescoço), o cão abre e fecha a boca e parece prestes a se pôr a cantar, ou a uivar. Será capaz de se atrever a isto: introduzir um cão na ópera, permitir-lhe devanear seu próprio lamento e que o lance ao céu entre as estrofes de Teresa, perdidamente apaixonada? Por que não? Certamente que em uma obra que jamais será representada tudo é permitido.[15]

Seria possível pensar que Coetzee, até a mudança do milênio, se fazia estas perguntas: tendo sido o escritor de livros comparáveis ao primeiro *Byron na Itália*, será capaz de se aproximar do universo do segundo, a comédia do mútuo cuidado, com lamentos de cães e notas de banjo? Se assim for, é possível supor que os livros posteriores são ensaios nessa direção. Mas como se faz tal coisa? O que poderia equivaler no domínio da literatura a esses modestos materiais?

O livro que seguiu *Desonra* chama-se *Elizabeth Costello* [*Elizabeth Costello*][16]. Nesse livro, J. M. Coetzee procede a postular que existe certa Elizabeth Costello, australiana e

---

15. Ibid., p. 251.
16. J. M. Coetzee, *Elizabeth Costello*, trad. José Rubens Siqueira, São Paulo, Companhia das Letras, 2004. (N. E.)

nascida em 1928, duas vezes casada, autora, sobretudo, de um romance cujo personagem principal é Marion Bloom, a esposa de Leopold Bloom, inventado por James Joyce para seu *Ulisses*. Essa escritora faz o que fazem tantos outros escritores de grande prestígio crítico e vendas menores: visita universidades, recebe prêmios, participa de festivais. E pronuncia discursos. Os mesmos discursos que Coetzee havia pronunciado. Porque o livro consiste, principalmente, na transcrição de discursos sobre o romance, a vida dos animais, o problema do mal; discursos que Coetzee havia ditado e inclusive publicado, apenas modificados e acompanhados de breves marcos de ficção: Elizabeth Costello, nessa ou naquela universidade, objeto de uma enérgica ou tediosa homenagem, acompanhada de seu filho; Elizabeth Costello em um cruzeiro, para a educação dos veranistas. Que sentido tem essa manobra? Um escritor coloca o disfarce de uma escritora anciã. Para que montar uma máscara tão evidente?

No livro seguinte, *Homem lento* [*Slow Man*][17], Elizabeth Costello volta a aparecer, mas não como personagem principal, já que esse lugar é ocupado por um homem que está ingressando na velhice, e a quem um acidente de bicicleta confina à nova e diminuída existência de alguém que teve uma perna amputada. O núcleo do relato é o progresso da relação entre o fotógrafo Paul Rayment e a enfermeira que cuida dele, Marijana, que chegou à Austrália (é lá que Coetzee vive) vinda da Croácia e não sabe como sustentar sua família. Elizabeth Costello aparece um pouco do nada e propõe meditações e soluções a Rayment. De novo *Byron na Itália*:

---

17. J. M. Coetzee, *Homem lento*, trad. José Rubens Siqueira, São Paulo, Companhia das Letras, 2007. (N. T.)

a comédia da mulher já não inteiramente jovem que cuida do incipiente ancião e o guia no universo da repentina insuficiência. Mas é em *Diário de um ano ruim* [*Diary of a Bad Year*][18] que Coetzee decide conjugar com mais energia aquilo que havia pretendido com o projeto da ópera.

A situação do livro é simples. Um editor alemão solicitou a um escritor sul-africano, como Coetzee – e que como Coetzee vive na Austrália, que como ele ganhou o Prêmio Nobel –, que escrevesse suas opiniões sobre o mundo contemporâneo. O escritor sofre de um mal que não lhe permite digitar o que escreve com a rapidez que o encargo requer. No edifício em que vive, vivem também uma jovem mulher filipina, de uma beleza possivelmente vulgar, e Alan, um australiano que acreditamos se dedicar a operações financeiras: pessoas, poderíamos pensar, que nunca leem os trabalhos de Coetzee, por exemplo. O escritor conheceu Anya, a mulher, na lavanderia do edifício: impressionado com ela (francamente, com seu *derrière*, como diz o texto, que não chega a chamá-lo de *nádegas*, ou sequer de *traseiro*), pede-lhe que o ajude no processo de reunir, para a publicação, suas opiniões. De maneira que nas semanas seguintes uma rápida e frágil conversa terá lugar entre eles: a mudança que ocorre em um e outro é indicada em fragmentos às vezes lapidares. Ao mesmo tempo, e como na sombra, Alan, detestável, concebe um mecanismo para se apoderar do considerável dinheiro que, por ter invadido o computador do escritor, sabe que este possui. Anya, ao se inteirar disso, posta a escolher entre o diminuído e incipiente ancião escritor e o

---

18. J. M. Coetzee, *Diário de um ano ruim*, trad. José Rubens Siqueira, São Paulo, Companhia das Letras, 2008. (N. T.)

cada vez menos jovem capitalista, escolhe parcialmente o primeiro, denuncia e repudia o segundo, e resolve se retirar para um espaço próprio que um e outro ignoram: no final do livro está só e talvez, nos é sugerido, celebre esse fato.

O dispositivo do livro também é simples. As páginas estão divididas em três faixas. Na faixa superior se encontram as opiniões em questão (sobre Maquiavel e Dostoiévski, sobre o terrorismo e o anarquismo, sobre as maldições e a pedofilia); na faixa do centro, o relato, lacunar e conciso, que o escritor nos propõe dos fatos correspondentes ao processo de construção do livro cujos extratos lemos acima; na faixa inferior, as versões e os pensamentos de Anya (seu objeto, com frequência, são os textos que transcreve), que nos comunica regularmente as opiniões apuradas e hostis de seu amante. De maneira que o livro é um composto anômalo: uma coleção de ensaios breves, de opiniões que não deverá ser fácil para o leitor atribuir a ninguém além de J. M. Coetzee, acompanhados de um autorretrato do escritor como ancião melancólico e lascivo, e pelas leituras imaginadas de uma jovem consciente da vulgaridade da sua beleza e de um financista banalmente criminoso. As opiniões se referem de maneira contínua ao mundo do presente, e o mundo do presente, por intermédio do casal, responde. O que responde, pela via de Alan, é que as opiniões são emitidas a partir de um mundo (o mundo literário e político, literário-político, em que Coetzee se formou, que fundia a política de esquerda a uma arte de altíssima ambição) que está em irreversíveis vias de prescrição. O escritor suspeita o mesmo, mas se pergunta o que isso afinal significa, e o que deveria concluir dessa suspeita. Quanto a Anya, é menos fácil atribuir-lhe uma posição definitiva: algumas vezes se aproxima e outras vezes se distancia das profissões de fé (não tão firmes quanto a ênfase com a qual as enuncia parece indicar) do escritor ou das declarações (o cinismo) do amante. Como se pode imaginar, a dialética (a palavra cabe, se usada em seu antigo sentido socrático) permanece aberta, o conflito é declarado e termina não resolvido: na cena, ao final, estão dispersos os pequenos ensaios de um escritor que tem tudo de J. M. Coetzee, o próprio escritor, com suas faculdades em processo de desgaste, e esses dois leitores não letrados, se separando.

Em seu comentário sobre *Byron na Itália*, David Lurie havia sugerido que a peça de arte que se devia preferir não era a cena montada para que aparecesse uma voz cheia, em perpétua expansão, ao mesmo tempo contida e arrojada, nem árias exaltadas nas escuras volutas dos baixos, mas uma voz tênue e desregrada pelo *plinc, plonc* de um banjo de brinquedo; não o inglês tensionado até o seu limite, mas os grunhidos da enfermidade ou do sono. Quando, depois de terminar *Desonra*, Coetzee se questiona que coisa, depois de tudo, seria honesto (mas será preciso ser honesto?) escrever, proporá (há algo de tentativa neles) vários livros, nos quais assistimos ao pálido espetáculo do escritor que fala de si mesmo, mas colocando uma máscara que cobre seu rosto apenas parcialmente: pretender que uma série de conferências que ditou, que inclusive publicou, sejam as conferências de uma escritora anciã é, poder-se-ia dizer, equivalente ao que faz um menino que, invisível, é chamado pela casa enquanto, atrás de uma poltrona, ele sussurra que não está ali, que foi embora. Quando um menino faz isso, nós rimos. Deveríamos rir dos livros recentes de Coetzee?

Sim, é claro. Depois de tudo, Lurie nos disse que, nesse espaço sem forma e nesse tempo sem dinamismo em que se encontra, o que havia descoberto, como tantos outros antes, era a profundidade da comédia. Comédia de relações: a relação entre um homem e um cão destinado a morrer, ou entre uma mulher jovem e um homem com uma incipiente paralisia, ou entre um jubilado australiano e uma migrante croata. A obra posterior a *Desonra* é, dizia, um ensaio repetitivo, no espaço do livro, do tipo de estrutura (se cabe a palavra) que David Lurie havia descoberto para a ópera que nunca terminaria de compor: em *Diário de um ano ruim*, Byron, antes espectral, converteu-se em um escritor famoso e confinado, e a condessa Guiccioli ainda tem de emprestar-lhe a voz, só que fazê-lo é agora passar à máquina seus escritos. No quadrângulo cujas pontas são o relato das relações incertas, a comédia da vida do (declinante) escritor, a apresentação das opiniões próprias e o detalhe das próprias circunstâncias no lugar onde aparecem seus personagens (a articulação, pois, das maneiras do documental e da ficção), a acumulação, finalmente, de materiais pobres; no interior desse quadrângulo se esteve escrevendo, nos últimos anos, a obra de Coetzee.

2

Voltemos à nossa pergunta inicial. O que poderia motivar a frequência com que as criaturas textuais híbridas, mais acima mencionadas, chegaram a aparecer entre nós?

À primeira vista, me ocorrem três respostas (ou quatro, se contarmos com outra que indiquei na introdução, ao me referir à interpretação da contemporaneidade proposta por John H. Thompson, como o tempo das "sociedades da apresentação de si"). A primeira é muito simples. Há pouco tempo li algo que, segundo consta, W. G. Sebald, o extraordinário escritor alemão morto recentemente, havia dito ao crítico britânico James Wood: "Acho que a escrita de ficção que não reconhece a incerteza do próprio narrador é um tipo de impostura que me é muito, muito difícil de suportar. Toda forma de escrita autoral, em que o narrador se apresenta como diretor, juiz e executor do texto, é algo que me parece inaceitável. Não suporto ler livros desse tipo". Sebald havia dito isso e depois acrescentou que, "se alguém se refere a Jane Austen, pensa em um mundo onde havia padrões de correção que todos aceitavam. Em um mundo onde as regras são claras e as pessoas sabem onde começa a transgressão, creio ser legítimo ser um narrador que sabe quais são as regras e quem conhece as respostas para certas questões. Mas essas certezas não foram tiradas durante o curso da história, e temos que reconhecer nossa própria sensação de ignorância e insuficiência nesses assuntos e tentar escrever de acordo com isso"[19]. De modo que o escritor que é consciente de sua ignorância e de sua insuficiência, o escritor a esta altura da história, não devia se apresentar como o agente que percebe tudo, que conhece tudo, que pode tudo, o artífice e o diretor que domina os romances de Jane Austen. O escritor tem que escrever de

---

19. James Woods, *How Fiction Works*, Nova York, Farrar, Strauss & Giroux, 2008, p. 4.

tal modo que o leitor possa recuperar em seus textos os sinais das ações que alguém teve de exercer para que se deslumbrassem as tentativas e manobras de um agente parcialmente ignorante, fatalmente limitado. Por quê? Porque não fazê-lo seria desonesto.

Em um mundo como o nosso, pensa então Sebald, um mundo em transição contínua em que as normas e as regras são incertas, o escritor não pode permanecer entre as bambolinas, dirigindo um espetáculo que não o reconhece, mas deve aparecer no palco, entre seus personagens. Ao mesmo tempo, a mesma honestidade devia levá-lo a admitir que não pode executar aquele gesto que ainda era possível, até pouco tempo atrás, para tantos: o gesto do artista que se apresenta diante de nós e diz *"ecce homo"*, "eis o homem"; este, que exibo agora para que o observem, sou eu. Porque sabemos que não existe essa coisa de um eu preciso, externo às manobras pelas quais se coloca em cena para outros e também para si mesmo: eu me constituo ("eu" se constitui), como posso, com os materiais que encontro e as resistências que possuo, no panorama variável onde estou e onde aparecem súbitas pessoas, cujas expectativas e intenções eu quisera (mas não consigo) acabar de adivinhar. Eu me constituo ao me exibir. Essa dupla condição de incerteza é algo que qualquer explicação dos motivos que definem a arte destes anos tem de integrar.

É preciso acompanhar a ficção com o detalhe da posição do escritor que a compõe porque, em uma época sem certezas, deve-se reconhecer que tudo o que se emite, se emite a partir de um ponto singular; quem ocupa o território exato que ocupa está em parcial falta de controle do que faz (essa, devemos notar, é a imagem do escritor que encontramos nos livros de Coetzee: o escritor de faculdades declinantes). Mas há uma segunda razão que, seguramente, motiva pelo menos alguns escritores. V. S. Naipaul dizia isso em um discurso de 1994: "A vida dos escritores é um tema legítimo de investigação; e a verdade não devia ser escamoteada. De fato, pode ser que um informe completo da vida de um escritor seja por fim uma obra mais literária e mais iluminadora – de um momento histórico e cultural – que os livros do escritor"[20]. Eu diria que essa opinião se tornou relativamente comum. É interessante que tenha se tornado comum no mesmo momento em que é necessário para cada escritor, como indica Sebald, reconhecer que não há padrões de correção que todos aceitem, que as regras já não são claras e não se sabe onde começa a transgressão, mas, mais ainda, no momento em que um escritor (mais precisamente, um escritor cujo objeto é compor textos destinados a circular em forma de livros) pode sentir legitimamente que trabalha um território sitiado, em permanente contração. Sitiado por quem? Pela multiplicidade de práticas que têm lugar em meios diversos e cujo poder relativo de capturar e manter o interesse dos leitores, dos espectadores, dos leitores-espectadores parece crescer mais do que declinar.

É estranho que isso aconteça? É estranho que um escritor pense que um informe completo da vida de um escritor pode ser uma obra mais literária e esclarecedora que os li-

---

20. Citado em: Patrick French, *The World Is What It Is: The Authorized Biography of V. S. Naipaul*, Nova York, Knopf, 2008, p. IX; trad. cast.: *El mundo es así. La biografia autorizada del premio Nobel V. S. Naipaul*, Barcelona, Duomo, 2009. Naipaul pensa, certamente, em seu livro *The Enigma of Arrival*.

vros desse mesmo escritor, precisamente no momento em que a centralidade da literatura como arte é posta em dúvida? Não devia sê-lo: quando as crenças que sustentam a atividade em uma zona de produção cultural perdem sua capacidade de suscitar convicção, quando sua relação com a rede móvel de outras práticas se torna opaca e incerta, quando seu objeto se torna menos evidente que de costume, dimensões que estavam ocultas passam à luz e se oferecem para ser tematizadas. As condições que possibilitavam os desenvolvimentos mais profundos ou triviais da prática podem ser descritas a partir de outras luzes. É significativo, a meu ver, que nos últimos anos tenha sido desenvolvida uma nova sociologia da arte (penso nos trabalhos da britânica Tia DeNora ou do francês Bernard Lahire), cujo objetivo não é tanto correlacionar as obras diretamente com as sociedades nas quais se produzem, mas descrever as práticas de agentes em espaços locais, eles próprios enraizados em dimensões mais vastas. Há livros porque estes livros foram e são escritos por indivíduos cujos esforços constantes se dirigem a constituir as formas de organização do tempo e do espaço, os sustentáculos econômicos e emocionais necessários para que possam ser executadas, de maneira cotidiana, as usualmente complexas operações que resultam em seus textos. Há livros porque há vidas de escritores: vidas cuja possibilidade reside na capacidade de certos indivíduos de montar a classe de sistemas materiais, sociais e técnicos que *Elizabeth Costello* ou *Diário de um ano ruim* descrevem. Este último livro, na verdade, identificando as sucessivas posições do móvel que formam os dois amantes e o inominado escritor, narra a formação da classe de constelação de fatores de cuja interação emerge o livro menos notável ou mais brilhante: a autoria se produz sempre no desenvolvimento de acoplamentos intrincados que ocorrem em lugares concretos.

Não é de estranhar, portanto, que a vida de escritor se torne um objeto especialmente frequente de tematização em um momento em que os escritores sabem que constroem e emitem seus discursos a partir de uma região particular de um dos conjuntos imprecisos cuja agregação forma o espaço social; sabem, também, que a linguagem que falam é uma entre outras, que há uma multiplicidade de linguagens e o tempo é sempre escasso para traduzi-las ou aprendê-las. Por isso, é compreensível que aqueles que aspiram prosseguir a tradição dos grandes precursores se obstinem em associar as histórias que relatam com a apresentação da comédia do escritor na época em que se torna evidente a historicidade (mais dramaticamente ainda, a finitude) do universo da literatura tal qual o conhecíamos, a descrição discreta ou alucinada da prática na qual, para o bem ou para o mal, estão empenhados não em seus esplendores, mas em sua fragilidade última, na inevitável e incidental torpeza das manobras resultantes em suas melhores produções.

O que me leva a mencionar uma terceira razão, talvez menos evidente. Como eu dizia antes, quando leio *Elizabeth Costello* e *Diário de um ano ruim*, descubro a figura de alguém que se mascara, mas cuja máscara fica fixada de maneira imperfeita e deixa ver as feições que deveria cobrir, ou alguém que empoa o rosto às pressas, de tal modo que o branco da maquiagem fica pontuado por fragmentos de pele repentina. Dir-se-ia que, agindo assim, se estabelece, ainda que momentaneamente, nas paragens do lamentável.

Para quê? Se Coetzee escrevesse em momentos mais morais da história literária, seria possível dizer que o faz para denunciar a ilusão da representação e suas possíveis seduções. Mas penso que, tendo as coisas se modificado como se modificaram, seu objetivo é principalmente realizar composições que possuam uma qualidade particular de beleza.

Mas qual? *Três autores* [*Trois auteurs*], uma coleção de prosas escritas pelo escritor francês Pierre Michon e publicadas inicialmente em 1997 (em espanhol, estão em um volume com o título de *Cuerpos del Rey*), inclui um capítulo sobre Balzac. Nesse texto, que consiste em uma série de meditações, de descrições especulativas, de micronarrações sobre o novelista, encontra-se a seguinte passagem:

> Nunca me esqueço de Balzac quando o estou lendo; Proust insinuava uma sensação semelhante, e não há dúvida de que todos os leitores a notam. Ao mesmo tempo que os grandes títeres, Vautrin, De Trailles, Diane, ao mesmo tempo que os títeres menores, Chabert, Pierrete, Eugénie, estou vendo o titereiro. Quero dizer que não há nada nessa dramaturgia nem nessa prosa que possa me fazer esquecer o avultado corpo solitário, bufo, que atua no fundo, que se destroça com vigílias, com café, com ostentações, e atua para si mesmo o extenuante cinema do gênio. Podem me dizer que esta impossibilidade de desaparecer por trás do texto é um defeito de Balzac: não o creio.[21]

---

21. Pierre Michon, *Cuerpos del Rey*, Barcelona, Anagrama, 2006, p. 105. Tradução ligeiramente modificada.

"Montreur" é a palavra francesa que traduzimos por "titereiro": o que mostra, o que erige uma construção que se move e agita, talvez puerilmente, para que quem passa se detenha a olhar. A expressão é adequada, sobretudo porque um pouco mais adiante o texto diz que, "para parecer que alguém seja o autor de *A comédia humana* [*La comédie humaine*][22], é preciso que escreva *A comédia humana*. E inclusive é preciso publicá-la. Pois um livro não é senão aparência, uma coisa que se mostra"[23]. Mostrar o que se escreveu é o ritual que é preciso cumprir caso se queira "ter o ar de um autor", que é ao que Balzac tendia: ele "desejava com tal intensidade ter o ar de um autor que foi tremendamente autor (mas não tenho a segurança de que estivesse convencido de que o fosse: das seis da tarde às dez da manhã, todas as noites durante quinze anos, adotava o quanto podia o comportamento de fanfarrão)"[24]. Balzac, portanto, escrevia para ter a aparência de um autor. Na imagem que Michon propõe, há, no entanto, ressonâncias de angústia. Balzac tem que escrever o tempo todo porque a identidade em questão é frágil: entre as seis da tarde e as dez da manhã de cada um de seus dias ele é abandonado por seu papel. Mas o brilho prevalece: entre as dez da manhã e às seis da tarde é o corpo ativado, enorme, extenuando-se na produção do espetáculo do gênio, que o escritor, como qualquer um, monta – indica Michon – para dissipar "o incrível erro dos que não o querem"[25].

---
22. Honoré de Balzac, *A comédia humana*, vários tradutores, São Paulo, Biblioteca Azul/ Globo, 2012. Org. Paulo Rónai. (N. E.)
23. Pierre Michon, op. cit., p. 106.
24. Ibid., p. 106.
25. Ibid., p. 105. "O teatro do gênio", diz Michon. O corolário dessa posição consiste em que toda a obra de Balzac seja uma vastíssima amplificação da propo-

Na verdade, é precisamente isto que aborrecia Proust em Balzac: sua tendência à ostentação dos talentos, das riquezas, das virtudes. Este descontentamento ficou registrado em uma série de fragmentos que escreveu nos anos precedentes ao início do trabalho em seu grande livro, esboços destinados a um volume que nunca terminou e cujos rascunhos foram publicados em 1954 com o título *Contra Sainte-Beuve* [*Contre Sainte-Beuve*]. Proust havia sido, desde menino, um leitor assíduo de Balzac, mas os fragmentos de *Contra Sainte-Beuve* registram um desagrado curiosamente intenso pelas manobras do escritor mais velho. O motivo principal desse desagrado é, segundo Proust, a vulgaridade de Balzac, que é a vulgaridade de um indivíduo dominado por uma ambição de ascensão social que lhe parece tão irrepreensível que sequer a oculta, e que vê a literatura como um instrumento dessa ambição. A ambição de progresso no mundo, que é o motor mais íntimo de Balzac, se manifesta nos romances sob a "vulgaridade de sua linguagem", vulgaridade esta que, escreve Proust, "era tão profunda que chega inclusive a corromper seu vocabulário, a fazê-lo empregar expressões que manchariam até a conversa mais negligente"[26]. Isso diferencia Balzac de Flaubert, o escritor que o leitor refinado deveria preferir: "Nele não se encontra nada dessa vulgaridade, porque compreendeu que a finalidade da vida do escritor está em sua obra, e que o resto não existe 'senão para o uso de uma ilusão por descrever'.

---

sição "eu sou um gênio". Daí as vacilações, as idas e vindas. Quem poderia pensar que sabe que é um gênio?

26. Marcel Proust, *Contre Sainte-Beuve*, Paris, Gallimard, 1971, p. 264; trad. cast.: *Contra Sainte-Beuve. Recuerdos de una mañana*, Madri, Langre, 2004.

Balzac põe de imediato no mesmo plano os triunfos da vida e da literatura"[27].

Colocar no mesmo plano essas duas séries de triunfos é, precisamente, o que um escritor deveria cuidar de não fazer, a menos que não lhe importe que seus textos levem esse sinal de imperfeição que invariavelmente notamos – segundo Proust – nos escritos de Balzac: a falta de estilo. "O estilo é em tal medida a marca da transformação que o pensamento do escritor faz sofrer a realidade que, em Balzac, não há, propriamente falando, estilo."[28] No estilo de Flaubert, ao contrário,

> [...] todas as partes da realidade são convertidas em uma mesma substância, de vastas superfícies, de um brilho monótono. Nenhuma impureza permaneceu. As superfícies se tornaram reflexivas. Todas as coisas são pintadas, mas por reflexo, sem alterar a substância homogênea. Tudo o que era diferente foi modificado e absorvido. Em Balzac, ao contrário, coexistem, não digeridos, ainda não transformados, todos os elementos de um estilo por vir, que não existe. Esse estilo não sugere, não reflete: explica. Explica, por outro lado, com a ajuda das imagens mais cativantes, mas que não se fundem com o resto, que dão a entender o que se quer dizer como se o dá a entender na conversa se uma pessoa é um grande conversador, mas sem se preocupar com a harmonia do todo e sem intervenção.[29]

---
27. Ibid., p. 265.
28. Ibid., p. 269.
29. Ibid., p. 269-270.

Se alguém quer ser um escritor como se deve ser, tem que se cuidar, então, de não explicar. O bom autor não deve intervir em suas criações nem se apresentar diante de nós em pessoa. Nós, seus leitores, temos que ser sempre capazes de nos esquecer dele. Mas Balzac não nos permite isso:

> Não concebendo a frase como feita de uma substância especial onde deve abismar-se e deixar de ser reconhecível tudo o que constitui o objeto da conversa, do saber etc., agrega a cada palavra a noção que tem, a reflexão que o inspira. Se fala de um artista, imediatamente diz o que sabe dele, por simples aposição. Falando da gráfica Séchard, diz que era necessário adaptar o papel às necessidades da civilização francesa que ameaçava estender a discussão a tudo e repousar sobre uma perpétua manifestação do pensamento individual – uma verdadeira desgraça, porque os povos que deliberam atuam pouco etc. etc. E põe assim em todas essas reflexões, que por causa dessa vulgaridade de natureza são com frequência medíocres e tomam dessa espécie de ingenuidade com a qual se apresentam em meio a uma frase, algo de cômico.[30]

A Proust, é claro, aborrece a forma de escrita de Balzac. A Michon, ao contrário, seus livros o atraem precisamente porque se deixam ler como cenas montadas por uma pessoa empenhada em se entregar a amar. O que para Proust era uma prova de falta de soberania, um sinal de abjeta dependência, Michon o valoriza de outro modo: a presença obsti-

---

30. Ibid., p. 271.

nada de Balzac na superfície de suas criações possui a beleza que é própria da nudez de uma criatura vulnerável, nudez esta que se torna mais evidente quando essa criatura faz esforços, fatalmente torpes, por escondê-la por trás de coleções de tesouros, luzes, explosões, espetáculos. Se fosse confrontado com essa alternativa, Coetzee escolheria o lado de Michon. Por quê? Recordemos *Byron na Itália*: Lurie decidiu abandonar a primeira versão da ópera, a partitura na metade composta ao piano, e começa a trabalhar na segunda, empregando o banjo que encontrou no desvão da casa devastada e que depois transporta consigo ao seu possível destino final, no local da execução piedosa dos cães enfermos. Agora, "quanto mais a fundo segue a *contessa* em seu périplo pelo Averno, quanto mais canta suas linhas melódicas ou mais cantarola sua linha vocal, mais inseparável dela, com grande surpresa de sua parte, passa a ser o ridículo ruído desagradável do banjo": e "seu próprio lugar espectral" na peça que compõe "está contido na própria música, na plana e metálica vibração das cordas do banjo, na voz que se empenha em se elevar e se distanciar desse instrumento absurdo, mas que é continuamente retida como um peixe no anzol".

Penso, como antes dizia, que tem sentido ler a obra de Coetzee posterior a *Desonra* como um esforço sistemático para realizar a estrutura do segundo *Byron na Itália* no domínio dos livros. A transposição tem esta forma: as linhas vocais da *contessa* na ópera são agora, nos livros do escritor sul-africano que neles apenas se oculta, os desenvolvimentos da fábula, as aventuras das criaturas triviais ou fantásticas que habitam, entre os vários domínios de sua arquitetura, o lugar da ficção; o ridículo som do banjo são as opiniões pessoais e as reflexões sobre as condições contemporâneas de sua prática, as emissões do escritor que não nos deixa esquecer sua obstinada presença nos textos que nos propõe. Por um lado, está o arrebatamento de imaginação da "banda de ficção"; por outro, a franqueza das declarações do "corpo solitário" que "atua para si mesmo o extenuante cinema do gênio", a apresentação contínua do "instrumento absurdo" do qual talvez não quisesse se separar. Os livros recentes de Coetzee se propõem a compor a alternância ou o conflito destas forças: a vibração metálica que mantém enlaçada a voz que, carregada com o peso de suas ataduras, encontra em si a débil energia por meio da qual, por um momento, se eleva, elevando consigo o instrumento absurdo, antes do comum declínio que preludia o recomeço do enlace ou o conflito[31].

---

31. Confesso que, ao escrever o parágrafo anterior, pensava na figura que ocupa a prosa de Thomas Browne, em *Os anéis de Saturno*, de W. G. Sebald. Eu achava, por exemplo, que a passagem onde Sebald escreve que "A invisibilidade e intangibilidade daquilo que nos impulsiona constituía também para Thomas Browne, para quem nosso mundo era apenas a sombra de outro, um enigma definitivamente insondável. Por isso sempre tentou, pensando e escrevendo, observar a existência terrestre, tanto das coisas que lhe eram mais próximas como das esferas do universo; do ponto de vista de um marginalizado inclusive se poderia dizer que as contemplava com os olhos do Criador. E para ele só era possível alcançar o grau necessário de excelsitude com a linguagem, o único meio capaz de um arriscado voo de altura. Como os demais escritores do século XVII inglês, também Browne leva sempre consigo toda a sua erudição, um ingente tesouro de citações e os nomes de todas as autoridades que o precederam, trabalha com metáforas e analogias que se derramam copiosamente e erige construções oracionais labirínticas, que às vezes se estendem em mais de uma ou duas páginas, semelhantes a procissões ou cortejos fúnebres em sua suntuosidade. É bem verdade que, devido a este enorme lastro, nem sempre consegue se despegar do solo, mas quando, junto com seu carregamento, é elevado cada vez mais alto às esferas de sua prosa como um andorinhão sobre as correntes cálidas do ar, uma sensação de estar levitando se apodera inclusive do leitor atual". W. G. Sebald, *Die Ringe des Saturn*, Fisher Verlag, Frankfurt, 2004; trad. cast.: *Los anillos de Saturno* (Carmen Gómez García e Georg Pichler), Barcelona, Anagrama, 2008, p. 27-28; trad. bras.: *Os anéis de Saturno*, trad. de José Marcos Macedo, Companhia das Letras, São Paulo, 2009.

Dizia antes que às vezes me tenta dizer que emergiu um subgênero: a patética comédia do escritor que se nos apresenta, um tanto semimascarado, em meio a seus personagens que, da mesma maneira que ele, vivem em mundos sem fronteiras que podem descobrir ou em coordenadas que encontram em seus mapas, e que ao se encontrar improvisam os mecanismos pelos quais edificam frágeis e passageiros mundos comuns. Se assim fosse, não deveria nos surpreender: porque os escritores habitam em universos históricos onde os indivíduos são incitados a apresentar no teatro da vida em comum suas próprias condições; porque é preciso reconhecer, quando se oferece aos leitores uma construção textual, que essa construção foi iniciada ou concluída em um local concreto do espaço social, e que nesse local se encontra um agente parcialmente ignorante e insuficiente; porque é possível que o mais interessante que um escritor tenha a oferecer seja um informe, completo ou esboçado, da vida do escritor, junto talvez com a mostra parcial de suas produções; porque nele reside uma forma particular de beleza, a que Michon descreve contra Proust, e a que Coetzee, em sua obra recente, explora.

IMPENETRÁVEL

Minha impressão é que no presente está se produzindo uma mudança maior nas maneiras de praticar a música. Um número crescente de músicos explora outros modos de organizar os rituais de interação nos quais se celebra a aparição de configurações sonoras, outros modos de compor o que aparece nesses rituais, outros modos de forçar a reorganização de espaços, tempos e pessoas mediante a intervenção de alguns sons. Outros modos além dos implicados na composição de obras ou na execução de canções, formas que um número crescente de músicos considera menos relevantes em uma época em que os rituais do sonho se desenvolvem em cenas diferentes das salas de concerto ou dos velhos salões. Esses músicos sabem que seus rituais são celebrados cada vez mais entre telas: telas de computadores, mas também de televisores que se agregam a esses próprios computadores e que muitas vezes compõem um tecido contínuo, um filme que se curva em torno de nós e que cristaliza em uma cápsula na qual buscamos ainda o nosso lugar. E muitos deles respondem a essa situação modificada, deixando de construir objetos sonoros estáveis e perfeitamente separados dos entornos nos quais aparecem para, em vez disso, propor mundos sonoros sintéticos, âmbitos em evolução que, se quisermos obter deles o que nos oferecem, devemos explorar um pouco como se fossem esses *video games* para múltiplos jogadores que abundam na internet, essas arquiteturas sempre em formação e já desfeitas.

Eu pensava assim quando notei, sobre minha escrivaninha, uma folha que havia arrancado do boletim que a casa de discos que frequento em Nova York publica semanalmente. O papel estava dobrado em quatro e incluía um comentário de um disco que eu acabava de comprar. O disco se chama *Between*[1] e contém umas duas horas de improvisações realizadas em 2005 em Viena e Lausanne pelo britânico Keith Rowe – que toca uma guitarra deitada sobre uma mesa, à qual ataca menos com seus dedos do que com tubos, palhetas, cordas, elásticos, e cujos sons são processados mediante uma série de osciladores, emissores e receptores de sinais que fazem com que o espaço que ocupa em uma performance se assemelhe um pouco à oficina móvel de alguém em vias de construir um artefato inominável – e pelo japonês Toshimaru Nakamura, cujo instrumento é um mixer. Mas um mixer ao qual não se provê de nada senão mixar: os cabos que saem dele não o conectam com alto-falantes nem com gravadores, os cabos que entram nele não provêm de guitarras nem de teclados. Os cabos que saem do

---

1. Keith Rowe e Toshimaru Nakamura, *Between*, Erstwhile Records, 2006.

aparelho voltam a entrar nele, o *mixer* se conecta consigo mesmo, dispositivo impecavelmente isolado que produz intermináveis sequências de *feedback* que Nakamura modula em longas linhas, raias, filamentos de som que se perdem em vagos sopros ou se adensam em colunas oscilantes. Não há notas nas improvisações de *Between*, não há melodias, e sim cadeias detalhadas de sons. De borrões de som que se inicia ou restos de som degradado.

Abri a folha e notei que incluía um comentário de Keith Rowe. Assim começa o comentário:

> *Between* tem a ver, para mim, com a tensão entre o espaço e os objetos, e com como poderíamos ocupar esta área, residir, se quisermos, entre as conexões, encontrar a flexibilidade que vem de desteorizar os dogmas. Era como se Toshimaru e eu estivéssemos navegando em uma rota através de uma zona familiar da cidade, onde cada edifício representava e remetia a expectativas, estilos, resultados e histórias. Nós resistíamos a entrar nos edifícios. Tentávamos permanecer entre eles.[2]

Essa é uma descrição fiel do tipo de operação que há por trás das cinco placas ou extensões de durações variáveis (a mais breve dura oito minutos; a mais longa, quarenta e um) que formam *Between*. A operação é a de dois instrumentistas que se obstinam em desenvolver improvisações que não se apoiam em planos preestabelecidos e para as quais se comprometeram a recorrer o menos possível aos

---

[2]. Comentário disponível em inglês em: <http://www.erstwhilerecords.com/catalog/050.html>.

materiais musicais (traços de estilo, fragmentos de melodia, progressões harmônicas) alojados em suas memórias: instrumentistas obstinados em permanecer no espaço onde os sons que produzem suas máquinas não de todo governáveis não terminam se estabilizando em formas reconhecíveis. A música que resulta dessa operação é difícil e pode parecer extravagante, inclusive quando se encontra entre nós há várias décadas. O tipo de improvisação que aparece em *Between* se originou em meados da década de 1960, em certa confluência com o *free jazz*, do qual alguns músicos (sobretudo europeus, particularmente britânicos) tratavam de escapar, e a música experimental de concerto que nessa fuga encontravam. Keith Rowe (que nasceu em 1940) havia estudado em uma escola de arte. Rowe era guitarrista e tocava em bandas de jazz. Como acontece com muitíssima frequência, uma inovação se produz quando alguém quer produzir, com os meios dos quais uma forma de arte dispõe, o tipo de coisa que outra forma de arte produz quase banalmente, sem esforço: gerar, por exemplo, com os meios do som algo semelhante a pinturas (como o tipo de exame da cor que, à época, levava adiante a arte abstrata) ou responder ao imperativo de produzir objetos singulares, objetos que não se pareçam com nenhum outro, criaturas de atributos imprecisos, que é a aspiração mais comum da arte realizada na descendência de Marcel Duchamp.

Era a isso que se propunha Rowe. Sua solução para o problema de como fazê-lo foi simples: usar a guitarra elétrica na posição horizontal, conectá-la a um circuito que passasse por osciladores, pedais de efeito, alto-falantes e rádios, tocá-la com facas, agulhas, lâminas, madeiras. Associar-se a outros que tivessem preocupações semelhantes. Edwin Prévost, Lou Gare, John Tilbury, Cornelius Cardew, por exemplo, com os quais formou um grupo chamado AMM, que se dedicou a produzir improvisações que não se apoiavam em nenhum modelo estabelecido antes da execução e se desprendiam da herança à qual ainda era fiel o *free jazz*, particularmente da parte dessa herança que incitava a supor que um músico deve se dedicar a produzir desenvolvimentos de virtuosismo. Isso produziu, nos numerosos concertos e nas gravações do AMM, constelações em evolução de densidades, qualidades e texturas produzidas por instrumentos aos quais (como fazia na mesma época o compositor Helmut Lachenmann) se recorre menos em seus aspectos de esplendor que nas disfunções, nas falhas, nas rupturas. A música do AMM era fabricada com os elementos de um submundo do som que a tradição musical havia abandonado.

Não era raro (e não o é ainda) que os concertos do grupo tivessem lugar não em salas de concerto, mas em galerias de arte: porque a forma de operar do grupo foi desde o início mais semelhante àquela dos que mostram suas coleções ricas ou indigentes do que a do executante que exibe suas habilidades específicas. Não estranha que o papel que tinha comigo, o comentário sobre o disco que acabava de comprar, incluísse uma referência à imagem da capa, que foi realizada pelo próprio Keith Rowe. Se retiramos da caixa de plástico o retângulo impresso que inclui a informação do disco, se o abrimos, veremos uma discreta sequência fotográfica e pictórica. Há uma foto de uma porta do que talvez seja uma oficina, talvez em um bairro periférico de Nova York. Parece, pela luz zenital, uma tarde de verão. No centro da imagem há uma porta amarela cujo batente e a pequena treliça são azuis. A parede foi coberta por uma película de indecisa cor roxa que deixa ver no fundo um inegável vermelho. Isso é tudo. Junto à foto há uma pequena composição azul, vermelha e amarela que recorda Mondrian. Na parte direita da folha há uma fina faixa da mesma cor roxa, um fragmento da imagem maior. É como se um fragmento de Mondrian interrompesse um Rothko; pensaríamos, inclusive desse modo, embora o próprio Rowe não nos incitasse a pensá-lo, como o faz no comentário que segue:

> O desenho da capa tenta refletir o processo da gravação. A pintura foi realizada a partir de uma pequena parte da foto (a parte em cima da porta). Um *zoom* converte a imagem em um punhado de *pixels*, que são, por sua vez, interpretados e vistos como uma pintura semelhante às de Mondrian. Isto serve ao mesmo tempo para convertê-la em um mapa do lugar da foto e para que se veja como o processo de uma pintura de Mondrian passando por baixo de um Rothko. As duas imagens (a pintura e a foto) deveriam ser vistas simultaneamente, para que se imagine o espaço entre elas. O deslocamento de Mondrian entre a Europa e a América é o que aqui nos interessa, seu movimento entre os continentes resulta na inventiva e no vigor encontrados nas obras de Nova York.

O comentário de Rowe, então, remete ao mesmo tempo ao deslocamento de Mondrian entre a Europa e os Estados Unidos, e à imagem de um Mondrian que passa por baixo de um Rothko, suas bordas nítidas se abrindo nas mais brumosas extensões que, por sua presença, deixa em suspensão. Sugere Rowe que é isso que acontece no disco que agora, de regresso à casa, comecei a escutar? Toshimaru Nakamura, o *partner* circunstancial nesse disco, provém de um lugar diferente: de certa cena musical de Tóquio, na qual nos últimos anos vem-se produzindo uma forma de arte do som que alguns chamam de *onkyo* (reverberação do som) e que resulta da prática de métodos singularmente austeros. Sachiko M. é uma das artistas centrais desse grupo. Quando vi uma *performance* sua em Paris, há três ou quatro anos, ela estava sentada em um tamborete, em uma plataforma pouco elevada em uma pequena sala do subúrbio de Montreuil. Diante dela, em outro tamborete, havia uma pequena caixa metálica com dois botões: um oscilador de frequências de som que, no concerto, modulava lentamente e produzia um tom muito alto, contínuo e imóvel, um silvo do qual nos parecia estarmos escutando apenas a face anterior, a mais próxima, oscilando na borda da nossa audição, enquanto Otomo Yoshihide, outro artista dessa constelação, manipulava dois objetos. O primeiro era uma guitarra elétrica: ou, melhor dizendo, o circuito que formava uma guitarra elétrica e um alto-falante, entre os quais se produzia um *feedback* constante. O segundo era uma bandeja de toca-discos na qual não havia nenhum disco, porque a agulha de seu braço caía sobre objetos que Yoshihide punha a girar sobre ela. E nós percebíamos, pelo modo como a guitarra se aproximava de seu alto-falante ou deixava cair o braço da bandeja, que aqui se queria expor uma coleção de formas de contato, de fricção, de inflamação, um entremeio de matérias e energias às quais os artistas escutavam, de maneira que nós os ouvíssemos *escutar*, se tal coisa fosse possível. Isto é, segundo minha limitada experiência, o que se propõe a música *onkyo*.

A situação era de uma quietude peculiar, um pouco a quietude de um laboratório ou de um escritório de desenho, como é de uma quietude peculiar, agora, a situação que se organiza no espaço em que escuto *Between*. A música é serena, mas aloja uma secreta agitação. O que ouço não poderia ser mais simples: deslizamentos de tons que nunca se detêm em nenhuma altura, sopros como o de um remoto aparelho de pressão, lentos trovões. Mas em cada ponto de seu desenvolvimento parece que todo tecido vai ceder. Não só o tecido que Rowe e Nakamura formam, mas o que se forma na sala em que os escuto entre *Between* e a cadeia de sons, que é uma das formas de apresentação que o mundo adota. Não há diferença de natureza entre essa música e o que emerge da multiplicidade de fontes sonoras que compõem o nosso entorno mais constante. Essa música se adere ao mundo como se fosse uma película translúcida. Sob a sutil profundidade da camada de sons que é *Between*, como se fosse um Mondrian que passa sob um Rothko, passa o mundo. Mas passa, se desloca, desliza como uma pele desliza sobre outra pele em um abraço ou como uma greta se move por um muro.

O apartamento onde escrevo localiza-se em uma zona ruidosa de Nova York. Perto daqui fica o apartamento onde vivia John Cage, na Sexta Avenida de Manhattan, da qual ele dizia preferir os ruídos às construções de um Mozart ou de um Coltrane. Não posso não pensar nisso e ao mesmo tempo notar que não são tanto os sons da rua, os gritos ou os automóveis que dominam o espaço onde estou, esta cápsula justa e entreaberta. Escuto, sim, o zumbido do aparelho de ar refrigerado que vem de trás do sofá, o rumor que deve provir da geladeira e uma porta que se abre do outro lado do corredor. Eu dizia que esses sons não são de natureza diferente dos sons que provêm dos falantes. Mas essa equivalência, essa indistinção é o que faz com que essa música tenha um curioso efeito de amplificação: em virtude da sua presença, o fundo de sons de interior em cujo volume nos movemos torna-se agudo e se revela em seu brilho usualmente abolido.

Esses, na verdade, são sons de interior – como costumamos dizer das plantas –, mas de um interior particular. Essa é a música própria de um momento em que partes crescentes de nossas biografias ocorrem não em espaços públicos do tipo clássico, entre semelhantes, como nos rodeia o público em um teatro, mas em espaços separados e variáveis, em entornos saturados de telas, em âmbitos nos quais estamos na solidão mais estrita e na mais extensa sociedade: segregados e hiperconectados, hiperconscientes da gravitação em cada ponto do local de uma humanidade vastíssima na qual momentaneamente nos encontramos. Esse é um espaço muito particular, onde existe a potência de outros modos de audição. Em uma reportagem que David Toop fez há alguns anos sobre Björk, a artista, em uma passagem em que se tratava da prática do som em rede, dizia: "eu estava verdadeiramente obcecada, baixando materiais da internet e mandando e recebendo mensagens e me mantendo ocupada com o elemento dos *laptops*. É tudo um segredo. Não há oxigênio neste mundo"³. É verdade que esse é um mundo sem oxigênio? Esse mundo de segredos que não deixam de ser publicados nem um instante, onde os sons cavalgam em mensagens que vão e vêm? Esse mundo de sons enviados?

Certamente que sim, porque descrições parecidas podem ser encontradas em outros lugares. Por exemplo, em um breve texto que o americano Tod Dockstader, que esteve compondo faixas eletrônicas durante décadas, escreveu para apresentar uma peça recente chamada "Aerial". Essa peça foi construída a partir de sons gerados e recolhidos ao manipular um rádio de ondas curtas, com o objetivo de captar não as emissões, mas as áreas de som informe que se encontram entre as estações. Aqui de novo, como em *Between*, se trata de permanecer em uma transição ou em um intermédio. E aqui também aparece um espaço sem oxigênio. Na apresentação do seu projeto, Dockstader cita um indivíduo desconhecido que dizia que as "ondas radiais dão lugar a um silêncio que não está morto e representa uma presença mesmo que não haja um sinal"⁴.

Por isso me parece que a música que escuto, a dupla espiral de planos de *Between*, quer alcançar a maior imediatez do tímpano e não deixar lugar para o silêncio. Ou permitir que reste apenas um silêncio digital, silêncio ultrapleno e sem oxigênio. E que entre esse silêncio e os sons se estabeleçam cadeias que resistam a se estabilizar em configurações de perfis definidos e que residam no âmbito do entredito, do "entressoado", do exposto através de véus, disposições

---

3. David Toop, "Björk. As serious as your life", *The Wire*, nº 211, setembro de 2001, p. 37.
4. Tod Dockstader, *Aerial II*, Sub Rosa Records, 2006.

transitórias e opacas, arrebatamentos diminutos, filamentos delgados de som que querem não tanto delimitar uma região própria no mundo, mas se abandonar a ele (mesclar-se, mascarar-se, tornar-se indiscerníveis). Na maior imediatez do tímpano, cavalgado em um fluxo de mensagens, se apresenta uma configuração sem bordas nem articulações, da qual é difícil decidir se foi enviada, quando e onde: isso eu escutava então, escuto depois, escuto agora.

Entre os discos do AMM, Keith Rowe estima um em particular. O título do disco é *La cripta* [*The crypt*][5]. Um jornalista lhe pergunta se às vezes volta escutar as velhas gravações do AMM. "Sim – responde ele –. Algumas delas são impenetráveis. E essa é a sua grandeza. 'A cripta'. A impossibilidade de apreensão de *La cripta* faz dela uma das gravações mais importantes não apenas do AMM, mas desse período. Para mim é como um quarteto de Beethoven tardio. Recordo a sessão vivamente. A gravação capta o quarto perfeitamente. É uma gravação de gente fazendo música nesse quarto"[6]. Nota-se que a gravação capta o quarto, seu volume. Como *Between*, que é uma gravação de Rowe e Toshimaru Nakamura na qual fazem música em um quarto de Lausanne, cada um deles voltado para o som que seus aparelhos emitem, observando os sons se dividirem, as cordas que formam cada som se separarem à medida que a improvisação se afunda e o espaço em que se encontram se curva e se torna, embora nunca fechada, uma cripta. Como agora o quarto onde os escuto, e que a improvisação trans-

---

5. AMM, *The crypt*, Matchless Recordings, 1968. (N. E.)
6. Entrevista com Dan Warburton. Disponível em: <http://www.paristransatlantic.com/magazine/interviews/rowe.html>.

formou, se deixo de escrever, se me movo para o centro do espaço, poderei me encontrar um pouco na situação que descreve o fragmento que contém o papel que recebi daquela loja de discos, compelido a me manter na distância que permite que todos os sons do entorno se apresentem em perfeita nitidez e não apreensíveis. Porque às vezes eu não sei, desses sons, quais provêm da gravação que escuto e quais do quarto em que estou, da casa em que estou, da cidade em que se encontra a casa em que está o quarto em que estou, com tudo o que repentinamente o atravessa. O dom dessa música, penso eu, é o mais simples: o mundo impenetrável e límpido.

UM DISCURSO POTENCIAL

1

Devo este capítulo a Nora Catelli por mais de um motivo. Por um lado, seu núcleo foi escrito para responder a um convite dela: se eu poderia dar uma conferência na Universidade de Barcelona. O convite havia sido orientado. Ela desejava, havia me dito, que eu abordasse a questão da relação entre as práticas mais inovadoras da escrita nos anos 1960 e aquelas que são próprias destes anos. Por outro lado, graças a ela, a uma resenha rápida que publicou em *Babelia*[1], cheguei a ler, há não muito tempo, a obra tardia do escritor uruguaio Mario Levrero, em particular *La novela luminosa*, de 2005. Levrero é possivelmente o menos conhecido dos grandes escritores de língua espanhola dos últimos anos. De alguma maneira, desde as primeiras linhas, seu romance se

---

1. Suplemento literário do jornal *El País*, publicado em 31 de janeiro de 2009.

converteu, para mim, em um elo da estrita cadeia de obras que me parecia, pela sustentação das suas ambições, poder se comparar ao mais ambicioso da narrativa dos anos 1960 (no âmbito latino-americano, penso nas obras de César Aira, Fernando Vallejo e João Gilberto Noll). Com *Paradiso*[2], *Oppiano Licario* ou *Rayuela*[3] e *62/modelo para amar*[4]. Desses livros, parecia que a comparação mais relevante era com *Rayuela*. Assim pensa Jorge Carrión, que em uma resenha escreve que o livro de Levrero se inscreve na "linha posta à prova pelo leitor que atravessa o *Museo de la Novela de la Eterna*[5], de Macedonio Fernández, os 'capítulos prescindíveis' de *Rayuela* e a parte central de *Los detectives salvajes*[6]" (ao que em seguida acrescenta que "aquilo que em Cortázar é um epílogo e em Bolaño, uma sucessão de testemunhos preparada por uma introdução extremamente atrativa, em Levrero constitui um longuíssimo prólogo macedoniano capaz de esgotar a paciência de qualquer um"). De modo que, esperando dessa maneira responder ao amável convite de Nora Catelli, me pus a pensar na diferença entre esses dois empreendimentos exemplares.

É mister começar por recordar o que se encontra nos "capítulos prescindíveis de *Rayuela*": por um lado, uma série de episódios que incluem os personagens que podem ser

---

2. José Lezama Lima, *Paradiso*, trad. Josely Vianna Baptista, São Paulo, Brasiliense, 1988. (N. T.)
3. Julio Cortázar, *O jogo da amarelinha*, trad. Fernando de Castro Ferro, Rio de Janeiro, Civilização Brasileira, 1964. (N. T.)
4. Julio Cortázar, *62/modelo para amar*, trad. Glória Rodriguez, Rio de Janeiro, Civilização Brasileira, 1975. (N. E.)
5. Macedonio Fernández, *Museu do romance da Eterna*, trad. Gênese Andrade, São Paulo, Cosac Naify, 2011. (N. E.)
6. Roberto Bolaño, *Os detetives selvagens*, trad. Eduardo Brandão, São Paulo, Companhia das Letras, 2006. (N. T.)

encontrados nas outras duas partes; por outro, uma série de recortes de jornais ou livros, coisas que, acredito, o escritor lia no momento de construção do romance e que, por isso, têm um caráter, digamos, documental; por último, os fragmentos nos quais se fala de Morelli, personagem que não aparece em nenhuma das outras duas seções. Observei que esses fragmentos se tornaram especialmente irritantes para os leitores, que sentem como se o escritor os estivesse pressionando. É possível que Cortázar houvesse concordado com eles, mas pressionar os leitores se tornou, sem dúvida, uma ação menos aceitável (esse é um sintoma de tudo o que nos distancia daquela época). Somos pressionados a ler de uma maneira determinada. Por quais meios? Mediante a apresentação de uma teoria do romance; não de uma teoria do romance em geral, mas do romance que estamos lendo, que, por outro lado, se nos apresenta como um exemplo do tipo de romance que, em geral, se deveria desejar escrever e ler. É impossível para o leitor do livro não pensar que esta seja a teoria do romance a partir da qual o escritor está operando e, no caso de encontrar os incidentais argumentos convincentes, não cumprir a ordem que lhe é apresentada ou imposta, ou seja, a ordem de ler o romance, *Rayuela*, à maneira como lhe sugerem os fragmentos de Morelli. Se não o quê? Não só não obterá do romance tudo o que pode obter como também delatará fazer parte do mundo daqueles que esses fragmentos chamam de "leitor-fêmea", um leitor que renuncia a ler este livro em particular, e também a alcançar o mais nobre do ser humano. Não surpreende que os leitores de hoje encontrem algo de intimidante nos fragmentos em questão, e que justamente isso os afaste de um romance que, por outro lado, inclui magníficas peças de escrita. Minhas preferidas são, como devem ser as de muitíssimos outros, as longas conversas da primeira seção, a cena da bebedeira na segunda, a vasta resolução inacabada que abrange os últimos capítulos. Essas seções são, mais secretamente que as outras, o ponto em que Cortázar se assemelha ao melhor de Levrero.

Por razões que em seguida se tornarão evidentes, me interessa certa representação da cena de escrita que se encontra em um dos fragmentos de Morelli (o 82). Escreve Cortázar:

> Por que escrevo isto? Não tenho ideias claras, sequer tenho ideias. Há trapos, impulsos, bloqueios, e tudo procura uma forma, e então entra em jogo o ritmo e escrevo dentro desse ritmo, escrevo por ele, movido por ele, e não pelo que chamam de pensamento e que faz a prosa, literária ou outra. Há primeiro uma situação confusa, que mal se pode definir pela palavra; é dessa penumbra que eu parto, e se o que quero dizer (se o que se quer dizer) tiver força suficiente, imediatamente se inicia o *swing*, um balanço rítmico que me traz para a superfície, que ilumina tudo, conjuga essa matéria confusa e o que a padece em uma terceira instância clara e como que fatal: a frase, o parágrafo, a página, o capítulo, o livro. Esse balanço, esse *swing* em que se vai informando a matéria confusa, é para mim a única certeza da sua necessidade, porque apenas cessa compreendo que não tenho nada a dizer. E também é a única recompensa do meu trabalho: sentir que o que escrevi é como um dorso de gato sob a carícia, com fagulhas e

um arquear cadenciado. Assim, pela escrita desço ao vulcão, aproximo-me das Mães, me conecto com o Centro – seja o que for. Escrever é desenhar minha mandala e ao mesmo tempo percorrê-la, inventar a purificação purificando-se: tarefa de pobre xamã branco com cuecas de *nylon*.[7]

A ordem da escrita, na representação que essa passagem oferece, é a ordem de desenvolvimento (de autodesenvolvimento) de algo que chamaríamos de um "conteúdo", se não fosse o caso de, ao se apresentar de maneira imperativa, que é a sua maneira, trazer seu continente consigo. A disposição do escritor é a de quem se deixa ditar o que depois reconhecerá como a única recompensa do seu trabalho. Nessa cena, não há outras pessoas (tampouco, note-se, há instrumentos): as operações que nela têm lugar são operações que o escritor realiza consigo mesmo, em vinculação com uma instância imprecisa, mas evidentemente gerativa, até mesmo turbulenta. Os leitores dos fragmentos de Morelli entendiam, suponho eu, que esses fragmentos lhes solicitavam que, ao ler, permanecessem como o escritor ao escrever, abertos àquelas forças que se expõem quando a forma se fratura, a subjacência magmática que uma arte que se preze de ser arte deveria ser capaz de levar à momentânea superfície. Porque ler, do mesmo modo que escrever, é um exercício espiritual ("escrever é desenhar minha mandala e ao mesmo tempo percorrê-la, inventar a purificação purificando-se"): como sempre acontece com os empreendimentos

---

7. Júlio Cortázar (1963), *Rayuela*, Madri, Cátedra, 2001, p. 564-565.

literários verdadeiramente ambiciosos (essa é sua própria definição), a literatura que, na opinião de Cortázar, se deveria desejar escrever e ler é aquela que favorece o desenvolvimento da forma de vida que se deveria desejar viver. E a vida que se deveria desejar viver é uma vida tutelada por uma instância de transcendência. Lemos no fragmento 61 (uma "nota inconclusa de Morelli"): "Não poderei renunciar jamais ao sentimento de que ali, colada ao meu rosto, entrelaçada em meus dedos, há como que uma deslumbrante explosão rumo à luz, irrupção de mim para o outro ou do outro em mim, algo infinitamente cristalino que poderia coagular e se resolver na luz total, sem tempo nem espaço. Como uma porta de opala e diamante da qual se começa a ser isso que verdadeiramente se é, e que não se quer e não se sabe e não se pode ser"[8].

Fragmentos como esses reúnem e articulam dois motivos: uma teoria (larvário) sobre a origem e o processo de emergência do romance que lemos (que se apresenta como paradigma do tipo de romance que se haveria de desejar escrever) e uma noção da maneira em que a prática de escrita que essa teoria delineia se vincula com uma prática de si mesma, orientada para gerar as condições sob as quais é possível alcançar uma forma satisfatória de existência. Os dois motivos podem ser encontrados com certa constância nos textos de Levrero, só que a distância entre os dois escritores, em outros aspectos, é muito grande. Suponho que isso era evidente, desde cedo, para os leitores do escritor uruguaio, mas é impossível não adverti-lo na obra de seus

---

8. Ibid., p. 520.

últimos anos, centrada na constituição simultânea de uma forma literária e uma forma de vida. Vamos nos deter para descrever a forma particular que assume em *La novela luminosa* a associação dos dois motivos, já que não poderia apresentar no breve prazo que me concedi para este capítulo a obra inteira do escritor. Digamos somente que Levrero nasceu em 1940 e começou a publicar no Uruguai durante os anos 1960. Quem quiser ter uma ideia do perfil dessa obra até meados da década passada pode ler três romances: *La ciudad*, *París* e *El lugar*. A crítica é unânime em dizer que tais romances são kafkianos. O próprio Levrero indica que o desencadeamento de seu empreendimento literário ocorreu graças à leitura de Kafka. Não vejo nenhuma razão para desmentir essas afirmações. É possível, inclusive, que outro Kafka – o que escrevia diários minuciosos nos quais apontava as alternativas de jornadas organizadas em torno da geração das condições que devem se cumprir para que a escrita seja possível – fosse o modelo principal de uma série de textos que Levrero escreveu na última década de sua vida: diários em que se narra o processo de edificação de formas de vida das quais possa emergir uma escrita, ainda que não seja a escrita de outra coisa que não os próprios diários.

Poder-se-ia pensar, ao ler isso, que os escritos de Levrero se empenham em cumprir um trabalho classicamente autorreferencial, fiel ao imperativo de certo modernismo que reivindicava que um texto chamasse a atenção para a sua própria artefactualidade. Isso é certo, porém a execução de Levrero é, em outros aspectos, nova. Para apreciá-la, é necessário nos determos em alguns detalhes. O ponto de partida de *La novela luminosa* é o seguinte: no ano de 1999,

Levrero recebeu uma bolsa da Fundação Guggenheim para completar um livro que havia começado quase duas décadas antes. O título que esse livro havia recebido é, precisamente, *La novela luminosa*. Em certo momento da década de 1980 – assim começa o livro –, o escritor, prestes a sofrer uma operação de vesícula, recapitulava uma série de iluminações. Mas antes, para começar, estabelecia as regras do que logo, espera ele, começaria a escrever (eu digo espera porque uma das regras que obedece é escrever, "como sempre", sem plano). Ou talvez não as regras, mas as motivações que, até onde pode ver, originam o processo. A primeira das motivações consiste em responder a uma imagem recorrente que o assalta de improviso, nos diz ele, quase diariamente: um romance será escrito "repousadamente com uma lapiseira de tinta chinesa, sobre uma folha de papel branco de muito boa qualidade"[9]. A segunda motivação é a de obedecer ao desejo de narrar algumas experiências "luminosas". O livro que resulte dessa tarefa estará em algum tipo de relação com o que Levrero chama de "a novela escura", "inacabada e talvez inacabável", na qual, por um sentimento de dever que lhe parece opaco, está, ao mesmo tempo, trabalhando (ou não? é que há pouco nos disse que queimou o original). É claro que o romance não será, estritamente, um romance. O que será então? Um ensaio? Cito, por extenso, a resposta de Levrero:

> Obviamente, a forma mais adequada de resolver a novela luminosa é a autobiográfica. E também a forma

---

9. Mario Levrero, *La novela luminosa*, Montevideo, Alfaguara, 2005, p. 435.

mais honesta. Entretanto, não deve se tratar de uma autobiografia com todas as suas regras, pois seria provavelmente o livro mais insosso que se poderia escrever: uma sucessão de dias cinzentos desde a infância até este instante, com essas duas ou três centelhas ou relâmpagos ou momentos luminosos que me sugeriram esse nome. Mas, por outro lado, os momentos luminosos, contados de forma isolada, e com o agravante dos pensamentos que necessariamente os acompanham, se pareceriam muitíssimo com um artigo otimista das *Seleções* do *Reader's Digest*. Nunca tive um problema semelhante; na verdade, nunca tive problemas para escrever. Escrevia impulsionado pela inspiração e a um ritmo febril que me exigia a utilização da máquina, ou não escrevia e ponto. Agora devo escrever (a novela escura) e desejo escrever (a novela luminosa), mas não sei como fazê-lo. Fugiu de mim o espírito travesso, a alma penada, o demônio familiar ou como queiram chamá-lo, que fazia o trabalho em meu lugar. Estou sozinho com meu dever e meu desejo. E, sozinho, comprovo que não sou literato, nem escritor, nem escrevedor, nem nada. Ao mesmo tempo, necessito de dentadura postiça, dois novos pares de lentes (para perto e para longe) e operar minha vesícula. E deixar de fumar, por causa do enfisema. É provável que o *daimon* tenha se mudado para um domicílio mais novo e confiável. A vida não começou, para mim, aos quarenta. Tampouco terminou. Estou bastante tranquilo, por momentos – escassos – sou feliz, não creio em nada e estou dominado por uma muito suspeita indiferença em relação a quase todas, ou todas, as coisas.[10]

---

10. Ibid., p. 436.

Certamente essa indiferença suspeita não é, poder-se-ia dizer, aquela que dá o tom às páginas agitadas que se seguem, nas quais é narrada, da maneira mais errática, uma série de experiências extraordinárias. A maior parte delas envolve mulheres. Outras envolvem animais (um cão, uma vespa, algumas formigas). Uma delas se produz ao comer um cacho de uvas. O resultado não é, parece-me, demasiado original (ou não é tão original como o que Levrero escreveria em seguida). Os motivos são comuns na tradição em que se inscreve. Salvo as distâncias, não são inteiramente diferentes do que se pode encontrar em alguns momentos do trabalho de Cortázar: a vida cinzenta que se transmuta em percepções que revelam uma dimensão normalmente oculta da realidade; a relação íntima dessas percepções com a sexualidade (aqui, firmemente heterossexual); a aproximação a outras formas de existência das quais é ponto de partida ou às quais conduz. É provável que Levrero tenha notado isso, e que tenha sido por sua possível redundância que em seu momento abandonara esse livro, do qual lhe ficaram, no entanto, algumas dezenas de páginas. Essas páginas são as que conservava quinze anos mais tarde, quando solicitou uma bolsa à Guggenheim para completar o romance que havia iniciado. *La novela luminosa*, o livro que acabaria levando esse nome, é o dossiê desse processo, em última instância, inconcluso.

Esse dossiê começa com um prefácio ("histórico") no qual, como no início do romance que havia sido esboçado anos atrás, Levrero se pergunta por sua origem e nos comunica que lhe surgiram dúvidas.

> Minhas dúvidas – escreve – se referem antes ao fato de que agora, ao evocar aquele momento, me aparece outra imagem, completamente distinta, como fonte do impulso; e, segundo essa imagem que me cruza agora, o impulso foi dado por uma conversa com um amigo. Eu havia narrado a esse amigo uma experiência pessoal que, para mim, havia sido de uma grande transcendência, e lhe explicava como me seria difícil fazer dela um relato. De acordo com a minha teoria, algumas experiências extraordinárias não podem ser narradas sem que sejam desnaturalizadas: é impossível levá-las ao papel. Meu amigo havia insistido que, se eu a escrevesse tal como lhe havia contado essa noite, teria um belo relato; e que não só podia escrevê-lo, como era meu dever fazê-lo.[11]

De modo que as coisas não foram exatamente como se pensava. Na primeira versão, a imagem obsessiva que lhe havia dado o impulso para o romance se referia "a uma disposição especial dos elementos necessários para a escrita"[12]. Depois se apresentou "um desejo paralelo, como coisa distinta, de escrever sobre algumas experiências que catalogo como 'luminosas'"[13], cujo objetivo, por outro lado, era ajudar no processo de negociação da relação com outro livro que talvez não quisesse escrever. Mas em nenhum lugar se reconhecia "a recomendação, autorização ou imposição do amigo"[14], e por isso a geração do desejo permanecia obscura.

---
11. Ibid., p. 17.
12. Ibid., p. 17.
13. Ibid., p. 18.
14. Ibid., p. 18.

Tal como se vê a partir da distância dos anos, o desencadeamento de *La novela luminosa* teve esta forma:

> [...] meu amigo me estimulou a escrever uma história que eu sabia ser impossível de escrever, e me impus a isso como um dever; essa imposição ficou ali, trabalhando desde as sombras, rechaçada de modo taxativo pela consciência, e com o tempo começou a emergir sob a forma dessa imagem obsessiva, enquanto apagava astutamente suas marcas, porque uma imposição gera resistências; para eliminar essas resistências, a imposição vinda de fora se disfarçou de um desejo vindo de dentro. Embora, naturalmente, o desejo fosse preexistente, pois, por algum motivo, eu havia contado ao meu amigo aquilo que havia contado; talvez soubera de um modo secreto e sutil que meu amigo buscaria a forma de me obrigar a fazer o que eu acreditava ser impossível.[15]

Até 1980, escreveu algumas páginas com a convicção de que, fazendo-o, respondia às solicitações alojadas em uma imagem relativamente precisa (a do próprio escritor escrevendo em determinadas circunstâncias) e, ao mesmo tempo, à vontade mais geral de falar de certas experiências; agora se reconhece que, talvez, o impulso inicial tenha sido dado por um amigo, embora esse amigo fosse simultaneamente, de alguma maneira, o instrumento de um desejo meu: eu lhe contei algo, disse Levrero, para que me pressionasse a escrevê-lo, de modo que, ao fazê-lo, obrigo a mim mesmo pela mediação do imprevisível mandato de algum

---
15. Ibid., p. 18.

outro. Pensava ter começado por associar o desejo de escrever sobre um tema determinado e a imagem de uma disciplina possível; agora sei que antes dessas duas imagens havia uma vontade inconfessa de responder a uma solicitação proveniente de uma pessoa concreta (e, há que se acrescentar, influenciável), à qual o livro está em princípio dirigido. Não que não o soubesse veladamente. Em um texto da época da primeira *Novela luminosa*, Levrero escrevia: "Descobri que todos os meus textos têm um destinatário preciso, embora nem sempre esteja consciente disso. Sempre há alguém a quem desejo contar algo; quando estou escrevendo, estou com a mente em uma pessoa determinada"[16].

O leitor deverá me desculpar pelo fato de me deter nessas minúcias; é que *La novela luminosa*, tal como chegaria a ser publicada em 1999, é o dossiê da colaboração dos Levreros, cada um deles com uma compreensão diferente dos impulsos que movem qualquer texto. Um pensa que a escrita é o desenvolvimento de uma imagem inicialmente vaga que, de maneira progressiva, vai se tornando precisa (este é o Levrero mais próximo a Cortázar); outro pensa que se trata, em cada caso, da resposta a uma solicitação mais ou menos fantasmal. Na primeira imagem encontramos um indivíduo com seus materiais; na segunda, as pessoas proliferam, mascaradas ou sem máscaras. No começo da primeira *Novela luminosa*, existe a demanda de um amigo que o escritor provocou; quinze anos mais tarde, a Fundação Guggenheim lhe concede uma bolsa. Isso implica um começo e um término do projeto: a regra de composição não expressa da nova

---

16. Mario Levrero, *El portero y el outro*. Montevidéu, Arca, 1992, p. 177.

Novela luminosa é que será escrita durante o tempo em que dure a bolsa, o ano que vai de agosto de 2000 até agosto do ano seguinte. A forma que tomará essa escrita é a do diário: das quinhentas páginas do romance, mais de quatrocentas estão ocupadas por um "Diario de la beca". O dinheiro – logo nos inteiramos – começa a ser usado para reconstruir a situação da escrita: para comprar poltronas onde descansar e transferir o computador para outro aposento. Porque esse é o livro do computador, trasladado agora para "fora da vista, fora do centro do apartamento"[17]. Mas a verdade é que o computador é tanto o instrumento da escrita como seu inimigo: a segunda anotação do diário inicia uma longa ladainha, a das queixas devido à própria propensão para jogar jogos no computador, visitar *sites* pornográficos ou baixar programas (para quê?). Particularmente à noite. Ou melhor, de madrugada, que é o momento da jornada em que acontece a maior parte dos eventos do livro (por isso, na última anotação do diário, se consigna a ideia de intitulá-lo de "Uma única, eterna madrugada").

E quais são esses eventos? O ocaso da relação com uma mulher que o texto chama de "Chl" (a expressão significa *"chica lista"* [garota esperta]), ao que parece bem mais jovem que o escritor, de quem havia sido amante (havendo ela precipitado a separação). Agora, Chl o visita continuamente (embora cada vez menos), leva-lhe comida que ela mesma cozinhou e o leva para passear quando não está viajando. Porque é preciso fazê-lo sair: Levrero tem horror à rua, onde só incursiona minimamente. A maior parte dessas incursões

---

17. *La novela luminosa*, op. cit., p. 28.

tem como objetivo comprar romances policiais, que coleciona e devora, em livrarias de segunda mão. Há outras mulheres: sua companheira anterior é agora sua médica (o que mais preocupa os dois é a propensão do escritor à hipertensão); uma certa M. (depois chamada por seu nome, Mônica, no momento em que ameaça suicidar-se) o atende quando Chl não o faz. O escritor tem numerosíssimos sonhos, aos quais atribui grande importância e que registra o mais minuciosamente possível. No terraço de uma casa vizinha caiu uma pomba morta: logo começa a se desintegrar; enquanto o faz, outra pomba a visita, o que leva Levrero a imaginar ser sua parceira anterior, acompanhada às vezes de outros machos e, por último, de pombos muito jovens. O calor no verão é insuportável: o escritor emprega grande parte do dinheiro da bolsa para instalar ar condicionado em sua casa. No verão também deve renovar seu documento. Lê Rosa Chacel; vê-se obrigado a mudar o monitor do seu computador por outro menos eficiente; aprende a fazer iogurte caseiro. Em um momento, vê – assim lhe parece – um fantasma. Cada duas semanas, às quintas-feiras, vão grupos de jovens às suas oficinas literárias; uma vez por mês, há uma sessão de correção. Até o final, de certa perspectiva, nos assombra o vazio do ano. Isso foi tudo que aconteceu? – nos perguntamos. E poderíamos haver suspeitado que essa era uma vida triste, não fosse Levrero, pouco antes de terminar, nos esclarecer que, até onde pode julgá-la, essa vida é a melhor que poderia ter. Por isso, quando, preocupado pela falta de conclusão do seu diário, concebe a possibilidade de emitir uma amarga queixa pelo absurdo da existência que chegou a levar, deve reconhecer que não tem, verdadeiramente, motivo, que os combates que empreende (por usar menos o computador, por modificar os horários do sono) são combates sem esforço e talvez sem convicção, que poderia continuar vivendo dessa maneira *ad infinitum*, que não pode pedir mais do que tem, nem se sentir melhor do que se sente, que deve reconhecer que "sou feliz, estou confortável, estou contente, mesmo dentro de certa dominante depressiva"[18].

Em que desemboca tudo isso? Em nada em particular. Apesar de tudo, o que lemos é um diário:

> Um diário não é um romance: com frequência se abrem linhas argumentais que depois não continuam, e dificilmente alguma delas tem uma conclusão nítida. Acho fascinante, e bastante intrigante, o fato de não ter quase nunca uma memória precisa acerca das coisas e das gentes que entram e saem da minha vida. Raramente sei quando conheci alguém, ou em que circunstâncias, e muitas vezes percebo que alguém desapareceu da minha vida sem que eu me desse conta. Algumas desaparições duram anos, e depois o personagem volta a se apresentar; outras parecem definitivas, e algumas até o ponto de se apagarem da minha memória até não deixar, aparentemente, nenhum rastro.
> Eu teria gostado que o *Diário de la beca* pudesse ser lido como um romance; tinha a vaga esperança de que todas as linhas argumentais abertas tivessem alguma forma de remate. Entretanto, não aconteceu assim, e este livro, em seu conjunto, é uma mostra ou um museu de histórias inconclusas.[19]

---
18. Ibid., p. 417.
19. Ibid., p. 537.

Por isso, dos livros que Jorge Carrión menciona, aquele com que mais se parece é o *Museo de la Novela de la Eterna*: por um lado, o paradigma da composição é a preparação de uma exposição de coisas que são entendidas apenas pela metade; por outro, a escrita da novela (se resolvermos usar este nome, como o faz Levrero) é uma peça em um dispositivo terapêutico. A organização da novela é contemporânea e coincidente com a organização da vida. Porque basta ler algumas páginas de *La novela luminosa* para se perceber que não se trata de um diário no sentido habitual: um registro da vida em seu acidente, em seu caos normal. Não há nada de caótico na vida que o livro de Levrero narra, talvez porque essa vida se organiza para ser narrada: essa vida foi simplificada até chegar a algo assim como uma construção mínima, um esboço, um esqueleto. Só que esse esqueleto, como o da pomba da qual o livro tão insistentemente fala, nos é apresentado visto de longe, de maneira que as aparições e desaparições que a alcançam e inflexionam seguem um ritmo particular.

2

Mas o que poderíamos obter da leitura dessa sequência de minúcias, de repetições, de constâncias? Como costuma acontecer, um grande livro contém sempre pelo menos uma passagem que nos dá o tipo de experiência que quisera induzir ou provocar. Em *La novela luminosa*, a passagem em questão é estimulada pela leitura de Oliver Sacks, cujos livros consistem em informes clínicos de pacientes com transtornos neurológicos (*El hombre que confundió a su mujer con un sombrero* [*The Man Who Mistook His Wife for a Hat*][20] é um livro que se organiza em torno do relato do caso de um homem incapaz de reconhecer objetos ou rostos familiares). A leitura suscita "a recordação de um fato recorrente; não frequente, e menos nestes anos tão quietos da minha vida, mas que se repete, ou se repetia, em distintas circunstâncias, sempre igual a si mesmo. Esse fato pode ser definido como um estado de ânimo, e, para que se produza, tem que ser produzida certa situação. Embora o estado de ânimo tenha muito de angustiante, ao mesmo tempo está acompanhado de um entorno quase artístico e, portanto, prazeroso"[21]. O que se segue é a descrição da situação:

> A situação desencadeante é minha aparição em um lugar desconhecido, e é condição fundamental que eu vá passar nesse lugar certo lapso mínimo, pelo menos umas quantas horas, preferencialmente alguns dias. Pode ser um hotel ou, melhor ainda, uma estalagem, com um clima mais íntimo que o de um hotel; pode ser também um hospital ou um sanatório, onde devo me ocupar ou estar atento à evolução da enfermidade de uma pessoa próxima. Pode ser também a visita a uma casa de gente não muito próxima, aonde chego, por exemplo, acompanhando outra pessoa que tem familiaridade com essa gente. Seja qual for o caso, dada uma situação similar,

---

20. Oliver Sacks, *O homem que confundiu sua mulher com um chapéu e outras histórias clínicas*, trad. Laura Teixeira Motta, São Paulo, Companhia das Letras, 1997. (N. E.)
21. *La novela luminosa*, op. cit., p. 240.

o que faço imediatamente é gerar uma espécie de nostalgia estranha, a nostalgia pelo que não conheço. Não é curiosidade, no sentido habitual; quero dizer que não me interessa saber certos detalhes sobre as pessoas. Mas, sim, há uma curiosidade por assim dizer global, pelo funcionamento de todo um sistema de relações interpessoais, mas também por detalhes, não qualquer tipo de detalhe, e uma curiosidade pela história, ou melhor, pelas histórias atuais que se entrelaçam nesse lugar. Por exemplo, se passo vários dias no hotel de um balneário, em algum momento descobrirei a atividade de algumas formigas, e para onde elas vão. Do mesmo modo, se alguém do lugar fala com outro de questões pessoais, ou lhe pergunta por sua família, dando nomes concretos, eu em seguida estou prestando atenção a essa conversa e tentando não tanto reter os detalhes, mas formar um desenho; algo como uma série de fios ou linhas invisíveis que vão traçando uma linha entre aquele que fala e as pessoas e os lugares que menciona, e vou organizando uma espécie de esquema da vida daquele que fala a partir desses pequenos retalhos de informação. Não o consigo, naturalmente, nem seria possível consegui-lo de qualquer maneira, e isso me angustia. Produz em mim esse sentimento de saudade, de algo perdido, de um mundo que nunca poderei conhecer.[22]

Notem-se as indicações incluídas nessa passagem. O observador é um visitante; em geral, o visitante de um lugar que foi feito para alojar viajantes temporários, uma estalagem

---

22. Ibid., p. 240-421.

ou um hospital. Pelo menos em um dos casos, trata-se do espaço onde tem lugar um processo biológico: o avanço de uma enfermidade. Por isso, e pela referência a Oliver Sacks, é difícil (pelo menos para mim) não pensar que o tipo de observação que a passagem descreve tem algo de observação médica. Mais ainda porque a interpretação de si mesmo (e, às vezes, dos outros) que o "Diario de la beca" desenvolve se apresenta um pouco como a interpretação de um *paciente*. Essa observação aponta para além do que se encontra imediatamente presente em determinada situação, preservado da observação desnuda, mas não na direção de uma profundidade ou transcendência que nessa situação se abriria, mas ao longo dos "fios ou linhas invisíveis" que formam, para usar uma palavra que Levrero não usa (mas não objetaria), a rede da qual todo presente é um nó. A observação não é conclusiva: da visita retêm-se apenas alguns sinais. Isso, por outro lado, é justamente o que define o atrativo da situação. "O sentimento que predomina é o da incompletude. Se pudesse reunir toda a informação, se pudesse armar toda a história, perderia interesse de imediato, e certamente me esqueceria dessa história – porque o que conta para mim é o descobrimento, o ir montando o quebra-cabeça. Algo similar ao que me acontece atualmente com o computador e com o mundo infinito dos elementos que contém e aos que posso ter acesso, assim como as inter-relações entre suas partes."[23] Por isso temos de concluir que, no curso do ano que registra *La novela luminosa*, o escritor volta ao computador como ao local do maior prazer,

---

23. Ibid., p. 242.

descrevendo, em consequência, a relação com ele em termos de adição. E, como acontece no contexto terapêutico com as adições, essa reclama ou convida à decifração. *El discurso vacío*, em determinado momento, enfatiza este enunciado: "Creio que o computador vem substituir o que em um tempo foi meu inconsciente como campo de investigação"[24].

Damián Tabarovsky descreve os livros tardios de Levrero como "um tipo de narração alterada que, em um mesmo movimento, recorda o romance, o ensaio, o manual de autoajuda e o diário íntimo". A fórmula é exata, e a verdade é que, a partir de *El discurso vacío*, Levrero apresenta seus livros como formas do que chama de "autoterapia". Naquele livro, a autoterapia é um exercício "grafológico": mudar a própria letra manuscrita, por meio da prática de exercícios caligráficos dos quais se espera que produzam mudanças "no nível psíquico". Em *La novela luminosa*, a autoterapia tem uma forma menos evidente, mas também supõe a constituição de um nicho no qual possam ser realizados exercícios mentais. Esse nicho se compõe de uma série de espaços (que, por outro lado, são plataformas de visão), uma série de instrumentos (que, como despertam afetos às vezes complexos, possuem uma instrumentalidade particular), um conjunto de recursos (entre os quais é preciso contar os livreiros e outros provedores), ele mesmo, com seus mecanismos de regulação (que incluem medicamentos e passeios) e um grupo de mulheres que aparecem sob a figura de anjos da guarda, cuja presença garante as condições materiais para que se desenvolva o empreendimento geral do escritor. A

---

24. Mario Levrero, *El discurso vacío*, Buenos Aires, Interzona, 2006, p. 31.

partir desse nicho se persegue um objetivo: "a busca do ócio"[25], do ócio *"full time"*[26], o que supõe "atravessar a angústia difusa"[27] que é a atmosfera normal da sua vida. É difícil dizer se se busca o ócio porque é a condição sob a qual se pode escrever o romance que se deseja escrever, pela razão que seja (expressar um conteúdo ou satisfazer uma demanda), ou a própria escrita é uma estação no progresso rumo ao ócio. Escrever, na verdade, supõe sempre montar um dispositivo feito de peças de ordens diversas: espaços e cuidadores, ideias e máquinas, destinatários e solicitantes. Em suas versões mais usuais, esse é o fundo que a narração (como a apresentação de si mesmo, no transe de escrever, que Cortázar inclui em *Rayuela*) exclui; o livro de Levrero, ao contrário, é pouco mais que o informe dessa montagem. É possível suspeitar, em alguns momentos, que o propósito secreto do dispositivo, dada a sua pouca efetividade em relação com o propósito inicial, é o de não escrever os capítulos faltantes da antiga *Novela luminosa*.

Na representação do seu trabalho, que Cortázar oferece via os fragmentos de Morelli, recordemos que ele nos diz o seguinte: "pela escrita desço ao vulcão, aproximo-me das Mães, me conecto com o Centro – seja o que for". Escrever, então, em sua forma mais intensa, é descer a si mesmo. Descer desnudo e só: sem companhia nem instrumentos. A escrita, com efeito, é uma atividade essencialmente solitária: sobre um fundo de silêncio, o escritor se volta para aquilo

---

25. Ibid., p. 50.
26. Ibid., p. 74.
27. Ibid., p. 50.

que quer expressar. Em vez disso, no "Diario de la beca", a lenta geração da escrita a partir de sua origem múltipla (a imagem de uma disposição física, a vontade de expressar um conteúdo, o compromisso contraído com outro) depende de uma articulação de atividades, de coisas que alguém faz (escrever e corrigir, ler e reler, publicar e avaliar), interagindo de inúmeras maneiras com os espaços que atravessa e incorporando aspectos do seu mundo, que é um mundo de coisas e pessoas, materialidades e ideias. O computador, na verdade, substituiu o inconsciente como campo de investigação. Escrevo para alguém (parafraseio Levrero) sabendo que mais alguém publicará o que escrevo, graças ao fato de alguém me alimentar e me levar a passear, serviços que presta porque, enquanto leitor, aprecia o que escrevo e está disposto a colaborar na reprodução do modo de vida que possibilita a escrita; escrevo também sob o influxo das oficinas literárias que mantenho, nas quais outros escrevem talvez melhor que eu, embora estejam menos dispostos a se ocupar da construção dos sistemas materiais e da organização do tempo, sem os quais não se pode escrever ainda melhor (ou, pelo menos, mais sistematicamente). Escrevo em um espaço separado, sempre de maneira imperfeita, de domínios concomitantes: "Ao mesmo tempo – dizia o autor da primeira *Novela luminosa* – necessito de dentadura postiça, dois novos pares de lentes (para perto e para longe) e operar minha vesícula. E deixar de fumar, por causa do enfisema".

Os fragmentos de Morelli definem um programa de escrita que começa a se desenvolver a partir da ruptura entre a disposição cotidiana e a disposição artística: a prática da literatura se encontra em relação de disjunção com a vida em sua forma mais regular, os desenvolvimentos, talvez sem importância, que asseguram o tecido sobre o qual são montadas as experiências extraordinárias. Em *La novela luminosa*, por outro lado, a escrita é a ação de um indivíduo que se encontra corporalmente situado em um mundo com o qual se vincula de forma prática e perceptual, como sujeito de habilidades, entre as quais se conta a habilidade corporal de prestar atenção ao que se diz e de selecionar os aspectos relevantes dos discursos que o envolvem, e como sujeito de emoções, que são centrais na regulação da situação. A prática de escrita que se define no livro é uma prática discursivo-material que constitui uma "parte de um padrão mais vasto de atividade que continuamente volta a formar as situações nas quais os agentes vivem e compreendem a si mesmos"[28], para usar expressões do filósofo Joseph Rouse. O menor ato de escrita é parte de uma conversa. Inicia-se um projeto como se ingressa em uma conversa: modulando uma atividade constante na qual se enlaçam o discurso e a ação. Por isso, Rouse propõe o termo "intra-ação" para descrever o vínculo entre essas dimensões: "Em vez de afirmar que a articulação discursiva e a interação prático/perceptual são componentes 'inter-relacionados' de um mundo onde só se põem em contato mediante uma interface bem definida [...], insisto na 'intimidade' de sua interação"[29].

A "disposição especial dos elementos para a escrita", que antecede a execução do livro um pouco como a dispo-

---

28. Joseph Rouse, *How Scientific Practices Matter: Reclaiming Philosophical Naturalism.* Chicago, University of Chicago Press, 2002, p. 227.
29. Ibid., p. 232, nota 78.

sição dos instrumentos sobre um cenário precede a execução de um concerto, delimita um espaço cuja interface com seu entorno é extremamente complexa e instável. A energia que sustenta essa execução provém de uma fonte dupla: uma, do campo intersubjetivo no qual a ação literária se desenvolve; e outra, de um conteúdo que se quer expressar. Das duas fontes, não podemos especificar qual precede qual. O que podemos dizer sem nenhuma dúvida é que entre esse espaço e os outros, que lhe são contíguos, não há limites precisos, mas sim transições variáveis. Um texto emerge dos intercâmbios que se realizam através dessas transições. Nas múltiplas linhas que vão desde o lugar em que alguém dispõe seus papéis e sua tinta até os círculos concêntricos que se abrem a partir dele, emerge aquilo (como emerge, de uma multiplicidade de gotas, uma nuvem) cuja comunicação a obra deveria ser capaz de cumprir.

3

Rayuela, é preciso dizer, inclui não só uma teoria do tipo de literatura que se deveria desejar escrever, mas do tipo de leitura que se deveria desejar praticar. Eu disse "literatura", mas a verdade é que os fragmentos de Morelli propõem uma "repulsa da literatura; repulsa parcial, pois se apoia na palavra, mas que deve velar em cada operação que empreendam autor e leitor"[30]. O romance (o "antirromance", na verdade)

---

30. *Rayuela*, op. cit., p. 560.

é um instrumento dessa repulsa, em benefício de "uma narrativa que atue como coagulante de vivências, como catalisadora de noções confusas e mal-entendidas, e que incida em primeiro plano naquele que a escreve, para o qual há que escrevê-lo como antirromance porque toda ordem fechada deixará sistematicamente de fora esses anúncios que podem nos tornar mensageiros, nos aproximar de nossos próprios limites dos quais estamos tão distantes cara a cara"[31]. A experiência dessa literatura supõe a possibilidade de fazer do leitor "um cúmplice, um companheiro de viagem. Simultaneizá-lo, pois a leitura abolirá o tempo do leitor e o trasladará ao do autor. Assim, o leitor poderia chegar a ser copartícipe e copadecente da experiência pela qual passa o novelista, *no mesmo momento e na mesma forma*"[32]. O livro dá ao leitor "uma espécie de fachada, com portas e janelas atrás das quais se está operando um mistério que o leitor cúmplice deverá procurar (daí a cumplicidade) e talvez não encontrará (daí o copadecimento)"[33].

Nessas passagens se encontra aquela curiosa mescla de motivos que tantos leitores notam em *Rayuela*: a oferta de coparticipação é equivalente a uma solicitação de submissão total. O leitor deve passar inteiramente para o espaço e experimentar sem reservas a temporalidade do escritor. Nesse sentido, como em tantos outros, a "antiliteratura" que Cortázar propõe é uma exacerbação de elementos da tradição literária. Aqui, a ideia de que toda leitura autêntica é contínua e imersiva: lê-se uma peça de literatura como se deve na

---

31. Ibid., p. 560.
32. Ibid., p. 560.
33. Ibid., p. 561.

medida em que se esqueçam, no curso de fazê-lo, os conteúdos dos quais se ocupa a consciência em seu exercício cotidiano. Como se deve ler o livro de Levrero? Em cinco meses, como Jorge Carrión nos disse que o leu? Seguidamente, sem se distrair, como deveria ser lido inclusive o antirromance, como propõe Cortázar? Pode-se fazer com o livro outra coisa (e mais) além do que eu fui capaz de fazer? Provavelmente. Pelo que me toca, li o livro em três ou quatro dias. Eram dias do tipo que o ensino universitário permite: dias de semana que, todavia, podem ser destinados integralmente a ler. Isso faz com que a leitura seja diferente da qual, suponho eu, pratica a maior parte das pessoas: à noite, talvez em uma área circular de luz que uma lâmpada delimita na escuridão, ou durante os fins de semana, quando há mais calma nas ruas. Não que o local onde o li fosse especialmente ruidoso: meu estúdio dá para fundos de edifícios. A dificuldade de me concentrar tinha a ver com duas coisas. Uma é que na casa habitavam um bebê e sua babá, que compunham um foco de atenção particularmente chamativo. A outra presença era a do computador, que é o meio em que mantenho, como todo mundo, minha correspondência. Nesses dias, grande parte dessa correspondência tinha a ver com arranjos de viagem, entre eles a viagem a Barcelona e Granada, onde leria o texto que confiava em escrever, de maneira que fazia o que se faz nestes casos: imaginar, como se pode, o lugar para onde se irá, ainda que apenas para decidir quantos dias e noites e que meios de transporte se utiliza. Não é necessário enfatizar que, ao mesmo tempo, tentava imaginar quem seriam as pessoas que escutariam a exposição. Há uma particularidade no tipo de leitura que nós críticos praticamos: lemos para escrever (mas a relação, talvez, não seja linear; também se pode dizer que chegamos a escrever sobre livros para termos mais ocasiões de ler).

Não é necessário esclarecer que o conflito que o livro narrava (o tempo perdido no computador *versus* a escrita) era semelhante ao meu próprio conflito destes dias (ler este livro *versus* atender minha correspondência eletrônica). Como acontece em *La novela luminosa*, a resolução do conflito permaneceu ambígua até o final, mas eu lia o livro com um interesse peculiar na medida em que me permitia refletir sobre a minha dificuldade para me concentrar, por exemplo, em sua leitura (mas, de modo mais geral, para refletir sobre a questão da oposição entre a leitura e o uso do computador): ali onde a questão aparecia, minha atenção se tornava mais viva e o ritmo de leitura se acelerava. Mas para mim havia se tornado evidente, desde o começo, que os poderes deste livro dependiam de que eu mantivesse algum tipo de atenção, a partir da minha perspectiva, inclusive nas passagens mais banais. Não o tipo de atenção que nos exigem aqueles livros nos quais, se perdemos a pista, todo o tecido se desfaz: neste livro não há pista a perder. Para me ajudar a manter essa outra forma de atenção, escutava esses dias, ao mesmo tempo em que lia, uma série de gravações que acabava de conseguir: uma longa obra do compositor austríaco Klaus Lang (*"missa beati pauperes spiritu"*); um disco de Keith Rowe diferente daquele descrito no segundo capítulo; outro do saxofonista inglês John Butcher: uma série de gravações realizadas em lugares do norte da ilha, no interior de uma caverna, em um vasto tanque de petróleo, em uma casa de gelo, em pleno campo, em espaços nos quais o sax solo, ou antes o sax e seus microfones, ressoam de maneiras diferentes. Butcher reage a essas ressonâncias, de modo que as realizações sonoras emergem da interação entre um indivíduo com seu instrumento e os lugares onde acontecem (além dos sons de animais e pessoas que os microfones não conseguem, nem tentam, deixar de captar).

Os livros não são apenas objetos aos quais prestamos um tipo especial de atenção, mas fragmentos de um entorno no qual tentamos alcançar um equilíbrio. Nossa leitura está sempre acoplada a sistemas dos quais depende sua persistência. Esse tem sido sempre o caso. Mas *La novela luminosa* nos incita a fazer disso uma experiência: não nos solicita, penso, que ingressemos nela como em um espaço mental bem delimitado, mas que realizemos uma leitura ao mesmo tempo sustentada e distante, de modo que alguns dos inúmeros elementos que compõem a mostra ou o museu em que consiste a leitura se incorporem à mistura geral que é nossa experiência mais comum. É claro que para isso é necessário um exercício de paciência, a mesma paciência que o texto, como assinala Jorge Carrión, desafia. Por quê? Porque a maioria das vezes é "insosso", para usar a palavra que provavelmente Levrero empregaria. A impressão, até o final, é que efetivamente aconteceu muito pouco. Mas como seria possível entender isso? É difícil sabê-lo, porque toda uma cultura literária – da qual Cortázar participa de maneira plena – nos solicita o contrário. O gosto pelas formas irruptivas ou, melhor dizendo, pelas irrupções que interrompem o jogo das formas é recorrente na história da arte (e dos discursos sobre a arte) de linhagem europeia. Dos descendentes dessa linhagem temos tendido a preferir os estados de mobilidade e intensidade, que nos têm parecido sempre superiores aos de repouso, inércia e calma. Sempre temos preferido a instabilidade ao equilíbrio, a menos que o equilíbrio manifeste um desequilíbrio oculto que mal consegue conter. A aspereza nos parece melhor ou mais nobre (e a nobreza é algo que, por sobre todas as coisas, apreciamos) que o polimento. As melhores peças de arte são, para nós, aquelas que nos são apresentadas no momento exato em que alcançam algo assim como o seu limite: em um instante terão se quebrado ou desvanecido, de modo que as percebemos quando estão prestes a nos abandonar. A irrupção que concentra e arrebata, a manifestação em cuja presença o mundo se reordena e transfigura sempre têm sido para nós preferíveis às coisas que aparecem como se estivessem estabelecidas desde sempre, satisfeitas com seu porte e sua residência. A forma nos atrai, certamente, mas quando está sob ameaça.

Nossa linhagem tende a preferir a instabilidade ao equilíbrio, a aspereza ao polimento, a mobilidade e a intensidade ao repouso e à calma. Para nós, se somos descendentes dessa linhagem, a Grande Ficção deve ter aspirações mais altas que a de produzir as satisfações que derivamos da observação de arquiteturas harmoniosas e compactas. Temos repetido por tanto tempo que ceder essas satisfações à natural propensão é um propósito insuficiente, que parece já não sabermos como deixar de fazê-lo: seria preciso perseguir valores mais elevados, ambições de maior risco, inclusive se não sabemos muito bem quais são os valores e as ambições que estão em jogo. Não seria o caso de aspirar à mera beleza, mas à classe de verdade da qual as invenções literárias são capazes. Cremos que nossos melhores escritores deveriam atrair, fixar, cristalizar o leitor tentado a se distrair com esses trabalhos maiores, apresentando-lhe, de maneira agressiva se necessário, opacidades, fragmentações, silêncios repentinos.

É possível que esperemos algo assim do livro de Levrero quando começamos a lê-lo. Mas, no entanto, como esse livro se chama *La novela luminosa*, pode ser que esperemos também que comunique, precisamente, iluminações, e que pressuponhamos que cada uma das iluminações em questão será algo assim como uma "súbita exposição do real, uma erupção do contingente, a sensação de 'ter recebido um impacto'", como escreve Ann Banfield, citando Virginia Woolf[34]. Esperamos que a lenta edificação do romance seja como a formação progressiva de um cristal: que, em sua culminação súbita, seu movimento se detenha para deixar ao leitor intuir a violência de uma interrupção do decurso ordinário das coisas, como a que a própria Woolf descreve em *Mrs. Dalloway*:

> Foi uma revelação súbita, uma onda de rubor que tentássemos controlar mas à cuja expansão, ao se espalhar, cedêssemos, que se precipitasse até o extremo mais distante onde se estremecesse e sentisse o mundo se aproximar, pleno de significados assombrosos, da pressão de um êxtase que rompesse sua pele delgada e brotasse

---

34. Virginia Woolf, *Mrs. Dalloway*, Londres, The Hogarth Press, 1925; trad. cast.: *La señora Dalloway*, Madrid, Alianza, 1994. Citado em: Ann Banfield, "Time passes: Virginia Woolf, Post-Impressionism and Cambride Time", *Poetics Today*, vol. 24, nº 3, outono de 2003, p. 488. (N. A.) Trad. bras.: *Mrs. Dalloway*, trad. Mário Quintana, Nova Fronteira, Rio de Janeiro, 2006. (N. E.)

e transbordasse como um bálsamo extraordinário sobre as gretas e as feridas. Então, por um momento ela viu uma iluminação; um fósforo ardendo em um depósito de pólvora; um sentido interior quase expressado. Mas a fechadura caiu, a dureza se abrandou. O momento havia terminado.[35]

Isso (ou algo similar) é o que não acontece em *La novela luminosa*: As iluminações que nos propõem não pertencem à classe a que a literatura nos acostumou. A que classe pertencem, então? Levrero se interessou pelo catolicismo, não sabemos muito bem por quê (isso nos faz suspeitar que haja se interessado por causa de um padre que era seu amigo); um dia, toma a primeira comunhão. Mastigou a hóstia. Está engolindo-a e tenta meditar, mas uma nebulosidade invade sua mente, "algo semelhante ao algodão, mas não totalmente branco, com algumas zonas acinzentadas". Ao que se segue a experiência propriamente dita: "Foi nesse momento que me roçou a asa de um anjo. No peito. Do lado de dentro. No plexo solar, talvez. Mais que a asa, a pluma da asa. O contato físico mais sutil que se possa imaginar; inclusive algo menos que físico, como de uma matéria enormemente mais sutil que a matéria mais sutil que conhecemos. No momento o formulei assim: a asa de um anjo, e nunca encontrei uma fórmula melhor para expressá-lo. E depois, mais nada"[36].

Mas até mesmo essa mínima iluminação é rara. Ao terminar o livro, é difícil não pensar que o trabalho do autor

---
35. Ibid., p. 494.
36. *La novela luminosa*, op. cit., p. 533.

durante esse ano tenha consistido em evitar, até onde fosse possível, que acontecesse algo extraordinário. Dos acontecimentos que ocorrem, talvez o mais significativo seja o progressivo desprendimento de Chl, a figura que domina o romance; mas esse desprendimento é, justamente, progressivo. Há outro evento: a morte de uma pomba, cujo cadáver fica no terraço de um edifício contíguo e que o autor observa com a maior paciência. Em determinado momento, é necessário aventurar-se no mundo caótico para renovar o documento de identidade. Próximo ao final, uma amiga está prestes a se suicidar, mas desiste. De modo que, para se referir ao texto, poder-se-ia ficar tentado a usar o termo que o próprio Levrero usa para falar do possível projeto de autobiografia: "insosso". Insosso, insulso, insípido. Um ano insípido: isso é o que a novela, à primeira vista, conta. Como me parece que um propósito de Levrero, nesse livro, é fazer da insipidez um objeto de experiência, pensei em um trabalho notável do filósofo François Jullien, chamado, precisamente, *Elogio de lo insípido* [*Eloge de la fadeur*]. O trabalho de Jullien, já há muitos anos, tem tido o propósito de pôr sistematicamente em contato duas tradições de pensamento, a grega e a chinesa, ação que tem como virtude, a seu ver, provocar a emergência do "impensado" de cada uma dessas tradições, as bases implícitas dos empreendimentos em que consistem, e que os atores desses empreendimentos não podem conhecer. Em um de seus últimos livros, Jullien propõe pôr esse contato em torno da questão da linguagem. Levemos em conta, ao ler esta passagem, que um traço cardeal da tradição de pensamento na língua chinesa é a valorização constante da potencialidade com respeito à discrição das particularidades que a partir desse fundo, que permanece imanente a elas, se atualiza.

> O insosso, sabemos, é o sabor apenas pronunciado, que não se fixa: que ainda não se atualizou o suficiente para se dividir (opondo um sabor ao outro: o salgado ao açucarado, o doce ao amargo etc.) e privilegiar um ao outro; que, em consequência, não cai na parcialidade nem se confina em sua qualidade agora insistente. Por sua não demarcação, o insosso é o sabor do vazio e do basal. Por isso mesmo, é o sabor intrinsecamente "igual", que permanece aberto a uma e outra possibilidade e presta sua disponibilidade ao mais longo itinerário da degustação, a do "sabor além do sabor", além de todo sabor fechado, marcado e, por essa razão, limitado. Assim (mas esse "assim" não é analógico) a palavra que diz "apenas", aborda e não desenvolve, é a que "diz" mais completamente preservando o autodesenvolvimento implícito de cada "assim": sem guiá-lo, sem amplificá-lo [...].[37]

A passagem é difícil e não pretendo agora esclarecê-la. Basta registrar que sugere que teria havido (que há) uma linhagem que propunha e propõe a possibilidade de recorrer ao insípido como a uma fonte de prazer. Porque, no campo do sabor, o insípido não é simplesmente a ausência de todos os sabores, mas o potencial do sabor, o sabor em potencial. É significativo que Jullien associe esse recurso ao insípido

---

37. François Jullien, *Si parler va sans dire. Du logos e d'autres ressources*, Paris, Seuil, 2006, p. 155-156.

com a paixão por uma palavra que diz "apenas", porque dizer "apenas" é, justamente, o que Levrero muito explicitamente se propõe. *El discurso vacío* insiste em repetir esse propósito: "Devo, portanto, começar a me limitar a frases simples, embora me soem vazias e insubstanciais"; "deveria conseguir uma série de frases para torná-las 'planas'"[38]; "devo me restringir ao que me propus, ou seja, uma espécie de escrita insubstancial, porém legível"[39].

Na insubstancialidade, dizendo apenas, conclui o "Diario de la beca". Aproxima-se o final do ano que era o prazo que o escritor se havia dado para concluir esse romance, e ele tem a impressão de que é provável que não aconteça nada em especial, nada cujo relato produza a impressão de fechamento que esperamos, precisamente, de um romance (e há que se ter em mente que Levrero insiste em chamar seu livro de romance). Pensa que talvez valha a pena, para que as expectativas dos leitores não sejam inteiramente contraditas, escrever algo como: "Estou cansado desta situação, estou cansado desta vida sombria, estou cansado do sofrimento que me produz a estranha relação com Chl, saber que a perdi, mas que ela está ainda à mão, a tensão sexual de cada encontro, que não se resolve em outra coisa senão na adição absurda ao computador; estou cansado de mim mesmo, da minha incapacidade para viver, do meu fracasso"[40]. E assim sucessivamente, até a declaração do iminente suicídio. Mas essa não é uma verdadeira opção.

---

38. *El discurso vacío*, op. cit., p. 22.
39. Ibid., p. 20.
40. *La novela luminosa*, op. cit., p. 416.

Isso talvez fizesse com que o livro vendesse muito bem, porque neste país a morte produz um interesse incomum pela obra daquele que se matou. O mesmo acontece com o que vai para o exílio. Mas não tenho interesse em vender livros; nunca o tive. E, para terminar, não é verdade que esteja cansado de viver. Poderia seguir levando exatamente este tipo de vida que estou levando agora todo o tempo que o bom Senhor me quiser outorgar, inclusive de forma indefinida. Embora certamente algumas de minhas condutas me incomodem, também é verdade que não me esforço muito por combatê-las. Na realidade, sou feliz, sinto-me à vontade, estou contente, ainda que dentro de certa dominante depressiva. Minha dependência afetiva de Chl me impede de me ligar a outras mulheres, mas também isso pode ser um jogo astuto do meu inconsciente para me proteger de maiores complicações e problemas. Hoje Felipe veio me trazer outra remessa de livros, estivemos conversando e ele me disse: "as pessoas gostam de você". E é verdade, e lhe respondi que não consigo conciliar isso de me sentir universalmente querido com minha paranoia, minha notória paranoia. Creio que não posso pedir mais do que tenho, nem me sentir melhor do que me sinto. Espero que Deus me dê longos anos de saúde; de minha parte, nada mais distante de minhas intenções do que empunhar um revólver e fazer voar minha cabeça – especialmente se levarmos em conta que eu talvez nem sequer saiba como empunhar um revólver. Descartado, portanto, este final para o romance.

Assim, continuo com o problema. Não sei como fazer para conservar a atenção do leitor, para que ele continue lendo. Tem de aparecer algo pronto, ou todo este trabalho terá sido inútil.[41]

É claro que Levrero sabe que não vai aparecer nada: o dispositivo de vida que foi montado (destinado, recordemo-lo, entre outras coisas, a "alcançar o ócio") torna isso virtualmente impossível (mas, de certo modo, acontece). Sabe também que a essa altura do livro não perderá nenhum leitor que não haja perdido (o crítico, confrontado com essa escrita virtualmente sem drama, não pode ter, por desgraça, a mesma confiança). Esse leitor persistente terá compreendido a esta altura que o que *La novela luminosa* nos apresenta é a pausada edificação de um mundo. Esse mundo se organiza em torno de uma vida altamente simplificada, reduzida a alguns poucos traços (algumas relações, algumas ações, alguns alimentos, algumas visões), motivo pelo qual, em consequência, tem algo de modelo ou maquete. Essa é, certamente, uma vida ameaçada, cuja persistência depende de uma série de manobras, a maior parte delas minúsculas, embora às vezes devam se desenvolver energias maiores. A vida em questão é, claro, uma vida vazia, mas o aspecto desse vazio que passa a primeiro plano é o do vazio não como ausência de uma presença positiva, mas como presença de uma potencialidade. A luminosidade à qual o livro aspira (e que consegue, a julgar pelo título que indica que esta, finalmente, é *La novela luminosa*) não é a luminosidade do

---

41. Ibid., p. 417.

relâmpago, as emissões vulcânicas que provêm do domínio do outro, mas a luminosidade difusa que impregna um âmbito frágil e entreaberto.

A VIDA OBSERVADA

A construção torna imediatamente visível suas opções e os processos que a constituem. Os erros, as redundâncias, os esquecimentos, as bifurcações estão inscritos nesses estratos. Cada etapa expõe essas histórias.
Nada foi planejado; não se trata de uma construção linear, mas de uma que tem múltiplas direções, aberta às possibilidades, às variações, cujos recursos de mudança e cuja acessibilidade são permanentes.
É uma construção do potencial. Cada etapa revela os índices de uma virtualidade.
O visível está mais próximo do que é observado, não é uma finalidade, mas um esboço, um ponto de partida. É o necessário de hoje. Completar e habitar. Aqui, o processo se inverteu, se inicia, se habita, e completar é um termo que fica por definir.
Pôr fim ao acabamento, indeterminar. Viver com o transitório, no estado de edifício em permanente construção,

interrompido, ou melhor, na espera. Como um estado de inacabamento pode se tornar uma maneira de fazer.[1]

Poderia ter sido Levrero quem escreveu essas frases, mas foi o artista francês Pierre Huyghe, que fala de uma investigação realizada com o arquiteto François Roche sobre algumas edificações que, segundo nos diz, são comuns no vale do Mediterrâneo, edificações em permanente estado de construção que, ao mesmo tempo, são moradias e possibilidades de habitação. Se não fosse o fato de a obra de Huyghe ser tão multiforme e complexa a ponto de demandar um espaço que não quero impor aqui ao leitor, tentaria assinalar as múltiplas maneiras em que incorpora os elementos que ele mencionava no princípio: o uso de materiais pobres em totalidades vagas, a apresentação do que se fez como um estado em processo pelo qual alguém compõe uma série de coisas para sua apresentação (e se apresenta a si mesmo nesse ato de exposição), o interesse pelas formas de relação em situações em que os parâmetros são incertos, as formas de autoria complexa. Mas me limito a indicar aqui um par de obras. As duas são muito simples.

A primeira chama-se *Interlúdios* [*Interludes*] e teve lugar no Van Abbemuseum, um museu de arte contemporânea em Eindhoven, em um momento particular da instituição, quando, em 2003, o edifício que o alojava estava para fechar devido à necessidade de expansão da instituição. O edifício que seria fechado havia sido, mais de um século antes, a primeira fábrica de lâmpadas. Depois da última

---

1. Citado em: Carolyn Chritov-Bakargiev, *Pierre Huyghe*, Turim, Castello di Rivoli, 2004, p. 12.

exibição, ele se converteria em uma discoteca. A mostra (em grande parte composta de obras da coleção), em determinados momentos, "se detinha", as luzes do teto se apagavam, uma lâmpada se acendia e uma voz se punha a contar a história da "fada eletricidade". A pausa durava o tempo que se leva para fumar um cigarro. Seria essa lâmpada um fantasma da antiga fábrica ou uma prefiguração da iminente discoteca? Fosse o que fosse, tratava-se de reintroduzir a ambígua combinação dos ecos do passado e do futuro em um presente que então se apresentava denso e dividido. A mostra não era tanto o marco imóvel em torno do qual se movem os espectadores erráticos, mas um encadeamento que transcorre, uma série de objetos e imagens em meio a uma travessia. A outra se deu no ano 2000. Assim a descreve Huyghe: "Um anúncio da imprensa convida atores amadores a se apresentar, em uma galeria, para uma sessão de *casting* para um filme sobre Pier Paolo Pasolini. Durante três dias, os atores se sucedem e esperam sua vez, mesclando-se com os visitantes da galeria. A cena em que têm de atuar é extraída de *Uccellacci e Uccellini* (*Gaviões e passarinhos*)[2], de Pasolini. *Casting*[3] [o título da obra] se apresenta como uma duração, um momento no processo de produção de uma imagem. Contém todas as pessoas que constituirão a imagem (atores, operadores de câmera etc.), mas os papéis ainda não foram distribuídos"[4]. Eis uma peça que se apresenta como a exibição do estado de um estúdio, e uma peça também de cinema expandido.

---

2. Pier Paolo Pasolini, *Uccellacci e Uccellini*, Itália, 1966. (N. E.)
3. Pierre Huyghe, *Casting*, Galleria Facsimile, Itália, 1995. (N. E.)
4. Citado em: Carolyn Chritov-Bakargiev, op. cit., p. 19.

Mas não, essa não é uma peça de *cinema*, logo dirão. Ou é? Não o é, se usarmos a palavra somente para falar daquelas sequências de imagens que foram gravadas em películas fotossensíveis e se destinam à projeção em salas escuras, onde grupos de indivíduos sentados – como costumavam, muito antes dessas salas, se sentar em teatros – acompanham alguma história durante um período que oscila entre uma hora e meia e três horas (às vezes um pouco mais; raramente um pouco menos). Mas o é, se continuamos chamando desse modo, ainda que forçando a palavra, objetos que estabelecem relações deliberadas com as práticas modernas da imagem-movimento (para empregar a expressão usada por Gilles Deleuze). Essa opção de relacionar, mediante a tradição do cinema, uma série de objetos que possuem um parentesco com os *films*, embora não em sentido estrito, é a opção que, em 2002, seguiam Peter Weibel e Jeffrey Shaw, quando organizaram uma exposição com o nome de *Future Cinema*[5] no Center for Art and Media, em Karlsruhe, na Alemanha. A exposição apresentava, além de filmes no sentido mais usual, peças multimídia e outras destinadas à internet. Muitas dessas peças eram interativas. O objetivo central da exibição era explorar as mutações sofridas pela tradição cinematográfica nos últimos anos, ou seja, em um momento em que o entorno audiovisual se tornou hipercomplexo, particularmente devido à expansão das tecnologias digitais. A hipótese que subjazia à exposição era que essa expansão permitia certa reflexão sobre as possibilidades de produção estética de imagens em movimento,

---

5. Peter Weibel e Jeffrey Shaw, *Future Cinema*, Alemanha, 2002. (N. E.)

mediante telas, porém evitando as formas que essa produção assumia na tradição de Hollywood e também no cinema de autor europeu ou latino-americano, possibilidades cuja investigação necessariamente devia passar pela reconsideração de outras tradições (a daquele cinema que, nos últimos anos do século XIX e início do XX, se apresentava no contexto do *music-hall* ou das feiras, no das vanguardas surrealistas ou expressionistas, mas também no do "cinema expandido" que, nos anos 1960, exemplificavam produções como as do primeiro Andy Warhol ou do último Hélio Oiticica). Como formulam Shaw e Weibel em sua apresentação da mostra, o propósito era identificar alguns dos "traços focais desse domínio emergente do cinema expandido em forma digital. As tecnologias de entornos virtuais apontam para um cinema que é um espaço narrativo imersivo, onde o observador interativo assume tanto o papel de operador de câmera como o de editor. E as tecnologias dos jogos para computador e internet apontam para um cinema de entornos virtuais distribuídos que são também espaços sociais, de modo que as pessoas presentes se tornam protagonistas em uma série de des-locamentos narrativos"[6].

Na opinião de Shaw e Weibel, uma série em particular de abordagens que estiveram se desenvolvendo nos últimos anos nesse "domínio emergente do cinema expandido em forma digital" são particularmente promissoras: "Indo além da banalidade das opções argumentais, que se ramificam, e dos labirintos dos *video games*, uma abordagem consiste em

---

6. Peter Weibel e Jeffrey Shaw, "Curatorial Statement", *Future Cinema: The Cinematic Imaginary after Film. Zentrum für Kunst und Medientechnologie*, 2002. Disponível em: <http://www.zkm.de/futurecinema>.

desenvolver estruturas modulares de conteúdo narrativo que permitam um número indeterminado, porém significativo, de permutações. Outra abordagem envolve o desenho algoritmo das caracterizações de conteúdo que permitiriam a geração automática de sequências narrativas que poderiam ser moduladas pelo usuário. E talvez o empreendimento mais ambicioso seja o que responde à noção de um cinema estendido em forma digital que seja realmente habitado por sua audiência, que, então, se converte em agente e protagonista do seu desenvolvimento narrativo"[7]. É isso o que se propõe uma peça na qual agora quero me deter.

A peça se deve a Roberto Jacoby, que, há quase quatro décadas, é um dos principais animadores da cena de arte argentina, e teve lugar, entre 17 e 29 de agosto de 2002, em Belleza y Felicidad, um espaço dedicado à arte no bairro de Palermo, em Buenos Aires[8]. No espaço havia um porão usualmente empregado para a realização de exposições de arte. O dispositivo que Jacoby havia montado nesse lugar era simples: na porta da escada que conduzia ao porão, uma pessoa esperava o visitante e o convidava a descer os dez ou doze degraus que conduziam ao espaço subterrâneo. Quando chegavam ao final, o visitante recebia uma câmera de visão infravermelha e ficava sozinho em um lugar que estava inteiramente às escuras, de maneira que, enquanto ali permanecesse, só poderia ver através da lente da câmera. E o que via era um espaço ocupado por vagos objetos, e, nesse

---
7. Ibid.
8. Para uma breve descrição da trajetória de Jacoby, ver Reinaldo Laddaga, *Estética de la emergencia. La formación de otra cultura de las artes*, Buenos Aires, Adriana Hidalgo, 2006. (N. A.) Trad. bras.: *Estética da emergência*, trad. Magda Lopes, São Paulo, Martins Fontes – selo Martins, 2012. (N. E.)

espaço, uma série de *performers*. Todos eles usavam máscaras idênticas. Nenhum deles via, de maneira que seus movimentos (a menos que estivessem quietos) eram vacilantes. Tampouco o autor, é claro, sabia o que faziam; as indicações que Jacoby havia dado a esses *performers* eram, sobretudo, negativas: não realizar gesticulações dramáticas, não falar, manter os movimentos ao mínimo. Essa *performance* aconteceu durante dez dias. Cada atuação durava entre uma hora e meia e duas horas. Desse evento, cada observador conhecia uma fase breve, que durava cerca de cinco minutos. O título da peça era *Dark Room*[9].

Como abordar essa peça? Fazê-lo não é fácil: ela é particularmente resistente à abordagem crítica. Em primeiro lugar, porque não há nenhuma possibilidade, para ninguém, de ter uma visão completa do sucedido durante o conjunto de dias e de horas no transcurso dos quais o projeto se desenvolveu: todo comentário corresponde necessariamente a uma parte, e o conjunto das partes não pode ser reconstruído. A condição estrutural da peça é que uma reconstrução complexa dela é impossível; mas, por isso mesmo, obriga uma abordagem particular para todo aquele que queira comentá-la. A crítica dessa peça (se realizada por alguém que dela participou) deve se mesclar necessariamente, é claro, ao testemunho pessoal. É isso que proponho nas próximas páginas. Por isso, escreverei nelas na primeira pessoa (e no presente), partindo da perspectiva de quem desceu, durante

---

9. Informações sobre a peça e imagens dela podem ser encontradas em <http://www.proyectovenus.org/darkroom>. Um esclarecimento: falo aqui da primeira versão desse trabalho, do qual houve uma versão posterior muito diferente (Museo de Arte Latinoamericano de Buenos Aires).

uns cinco minutos (mas a alteração das condições normais de experiência era nesse caso tão severa que se torna difícil dizer o quanto), ao quarto onde tinha lugar um dos últimos dias da *performance* (e alguém que depois suplementou algumas informações cotejando essa experiência com a de outros e com o que agora pode ser encontrado em um *website* que é o resíduo mais importante do projeto). Minha intenção é reter alguns (e somente alguns) dos componentes da forma particular de experiência da qual se tratava.

Ninguém pode ter visto o que eu vi: isso é o que sei desde o início, se conheço qual é a regra da peça (e, na medida em que participe, não posso deixar de fazê-lo). Essa é uma peça destinada, a todo instante, a um único espectador. Tal saber gravita em torno da situação. Isso dá uma centralidade à minha posição no dispositivo que é, a princípio, exorbitante: este espetáculo que se produz agora acontece somente para mim. Só que "eu" sou aqui também anônimo: minha posição é menos a do convidado que a do intruso (e como uma das regras da situação é que os *performers* não se dirijam a mim, isso se manterá até o final da minha passagem pela peça). De modo que o impulso "narcísico" que o dispositivo incita é ao mesmo tempo contradito: minha centralidade é, de alguma maneira, casual. E a impressão de centralidade, por outro lado, é minguada pelo fato de que a visão que a câmera possibilita é particularmente pobre e me obriga a me mover tateando, um pouco às cegas também, sem poder estabelecer um completo equilíbrio.

A visão é pobre e limitada. Limitada no espaço e no tempo. É que tenho um prazo breve para estabelecer um mapa do lugar: quando terminar, poderei ter sabido (imagino que nenhum dos observadores poderá tê-lo feito) até onde se estendia o espaço ou qual era a sua forma geral. A experiência era mais parecida com a daquele que se desloca em um veículo à noite do que a daquele que contempla uma paisagem. Daí a semelhança, de certo modo, dessa peça com algumas produções de David Lynch – penso em *Cidade dos sonhos* [*Mulholland Drive*][10] – em que essa figura é central. Mas a visão não só é imprecisa, desesperadamente limitada, mas é também perturbadora. É que essa qualidade precisa da imagem, essas formas delgadíssimas, de um prateado pálido que oscila entre o azul acinzentado e o verde-negro, são de filmagens letais procedentes do Iraque, do Afeganistão, de uma fronteira, transmitidas por um emissor global de semi-informações e de quase-análises.

Essa referência é impossível de evitar. Não importa quanto eu resolva renunciar a toda agressividade na captura das imagens que chegam até mim, rapidamente se torna evidente que o dispositivo me situa em uma posição que não é apenas a que observa – em uma sala de cinema, o desenvolvimento de uma história –, mas a de quem vigia. E, no momento em que me torno consciente disso, a situação inteira ingressa para mim nessa região do contínuo audiovisual onde uns seguem outros, os situam, os imobilizam, os registram, como eu posso registrar, se assim preferir, o que está acontecendo neste porão. *Contínuo audiovisual*: a expressão é de Paul Virilio. Um contínuo audiovisual, diz Virilio, se desenvolve, no presente, em mais e mais regiões do mundo: "O novo CONTÍNUO AUDIOVISUAL já não é

---

10. David Lynch, *Mulholland Drive*, EUA/ França, 2001. (N. E.)

tanto o dos canais de notícias durante as 24 horas, que se converteram em padrão, como a multiplicação de CÂMERAS *ON-LINE* instaladas em mais e mais regiões do mundo e disponíveis para a consulta e observação nos computadores pessoais"[11]. Nesse contínuo, que é um componente essencial do nosso presente, tudo se visualiza, se captura, se transmite instantaneamente, à maior proximidade do acontecimento: regime da proximidade universal, que se desenvolve não a esse ritmo que era ainda, até pouco tempo, o da televisão, onde as imagens vinham se inserir em sequências narrativas e se instalar em uma duração mais ou menos estável, mas em uma imediatez obtusa. Não se devia subestimar a importância, em relação à nossa experiência imediata do mundo, do fato de que, em um período breve (e aqui também a extensão das tecnologias digitais é um dado decisivo), as formas de duplicação da realidade se multiplicaram e se inseriram nos menores cantos do mundo, de modo que não é desatinado afirmar que esta é uma época em que todo presente se expõe como transmitido ou transportado, e, por isso, adquire algo de projétil: presente torrencial que circula por inúmeros canais e se dirige, cada vez, a esses pontos de luz (eu neste porão, por exemplo, ou os sujeitos em geral) que orbitam ao seu redor.

A condição para que observemos a cena que se desenrola em *Dark Room* (o que me permite observá-la, inclusive, nessa proximidade exacerbada, porque não terei terminado de entrar, e já me terei aproximado de alguma das

---

11. Paul Virilio, "The Visual Crash", em Thomas Y. Levin, Ursula Frohne e Peter Weibel, *Ctrl [Space]. Rhetorics of Surveillance from Bentham to Big Brother*, Cambridge, MA, MIT Press, 2002, p. 243.

oito pessoas que estão lá embaixo, vestidas e desnudas, quietas e em movimento, estritamente mascaradas) é o que introduz na equação uma mínima distância, em virtude da qual parece que as ações se sucedem em um tempo flutuante, irredutível a essas dimensões que o hábito da gramática nos acostumou a descrever: nem passado (se passado é aquilo que posso situar como havendo sido) nem presente (se associo essa palavra a uma imediatez que o mecanismo aqui subtrai da situação). Como se descreve essa forma de ocupar o tempo? Não sei. E, no entanto, seria conveniente descrevê-la, porque, segundo essa modalidade, começamos a viver prazos crescentes de nossas biografias, que se desenvolvem no âmbito que abre o jogo entre a temporalidade própria dos processos corporais tal como ocorrem nos espaços físicos e a temporalidade própria desses outros espaços onde se inscrevem os dados que mobilizamos para ler a realidade. Porque a verdade é que o nosso mundo é cada vez mais um mundo *monitorado*, e a experiência do sujeito enquanto monitor é uma experiência particular: sua relação com o mundo se vincula ao jogo de suas próteses, que constituem algo assim como uma membrana deslizante que regula os intercâmbios.

Por isso, apesar de as condições de observação em *Dark Room* serem muito diferentes daquelas da experiência cotidiana, há algo familiar na situação. Mas isso não é estranho, se consideramos que cada vez mais recebemos nossa experiência nas telas. E um fragmento do *mundo na tela* é o que vejo no *Dark Room*, um mundo que, quando o percorro, aparece para mim menos como um contínuo que se desenvolve gradualmente do que como uma série de frágeis telas que se sucedem ao ritmo de minhas ações, de maneira que o fragmento de realidade confinado neste porão me parece compor-se não tanto de volumes dispostos em um espaço contínuo, mas de pastas em arquivos que se estendem até perdê-los de vista. O fragmento de mundo que percorro se apresenta aqui um pouco como se fosse um *video game*. Na verdade, poder-se-ia dizer que, antes que ao cinema, essa peça remete aos *video games*. Mas o fato é que as duas coisas já não formam dois campos simplesmente distintos: há mil comunicações que passam entre esses dois domínios. Por um lado, os jogos tomam temas e formas do cinema (e essa é uma diferença central dos jogos de tipo clássico); por outro, o cinema se estrutura cada vez mais como um *video game*. E aqui acontece algo que não acontece em uma sala de cinema, mas sim nos *video games*: a configuração que o espetáculo toma para mim depende das minhas decisões. E de decisões que tomo em condições de indeterminação informativa, o que tampouco é estranho ao universo desses jogos: vale a pena ressaltar que o jogador de um complexo *video game* não se encontra simplesmente na situação de quem procura otimizar seus movimentos a partir de um conjunto finito de regras conhecidas (como faz um jogador de xadrez), mas na de quem deve averiguar quais são as regras que regem o jogo, e que não necessariamente estão explícitas (por isso a multiplicação da "bibliografia secundária" destinada aos jogadores de jogos como *SimCity* ou a série de *Myst*). A disposição própria do jogador desses jogos, como escreveu Steven Johnson, é a de quem *sonda*[12].

---

12. Cf. Steven Johnson, *Everything Bad is Good for You*, Nova York, Penguin Books, 2005, p. 42-48.

E não seria inadequado afirmar que a minha disposição, à medida que percorro esse espaço um pouco como se percorre uma galeria, é emitir hipóteses sobre qual é o modo de vida que nele se desenvolve.

Porque essa situação foi construída explicitamente de tal modo que o que me parece existir neste porão é uma ecologia social, um modo de vida em processo de desenvolvimento. É que ainda não disse o que se vê. O que se vê são algumas poltronas, garrafas, secadores de cabelo, pilhas de papéis. Sem dúvida, há outras coisas, mas sei que não saberei se é o caso ou não, ou qual é a regra que os reúne, ou quais são os limites do espaço em que se encontram. E há oito pessoas. Embora o fato de serem oito seja algo de que me interarei depois: na observação imediata não há como determiná-lo, de modo que, antes de serem os executantes de uma peça, aparecem para mim como membros de uma população. E essa impressão de população, de agrupamento de um número indefinido de seres semelhantes, é reforçada pelo único traço notável que possuem: uma máscara. Essa máscara é simplíssima e quase perfeitamente inexpressiva: lisa, tem apenas alguns orifícios para ver (caso se possa ver) e respirar. E o que fazem elas e eles? Duas das criaturas se acariciam no solo; alguém move alguns papéis; outro tem uma garrafa na mão (está sentado, creio, em uma poltrona); outro se masturba. Em que ordem vi essas coisas? Devia ser possível reconstruí-lo, pois creio ter filmado o tempo todo. Ou não o fiz? A questão é importante, porque é parte da situação o fato de eu me encontrar não somente na posição do observador, mas na posição do transmissor: sou o único que pode fabricar o testemunho do que agora acontece.

Quase de imediato, a observação se torna inseparável de um esforço por identificar qual é a regra que rege o jogo que ocorre nessa região que aparece para mim, simultaneamente, próxima e distante. Ao mesmo tempo, estou consciente de que a regra não pode terminar de ser decifrada, em parte porque não há tempo, porque a experiência ocorre sob a urgência do tempo. Por isso me parece sensato supor que não fui só eu quem tocou experimentá-la, durante os cinco ou dez minutos que ali permaneci: prefiro supor que o dispositivo que abre a situação induz simultaneamente a um desequilíbrio, que incita por isso o movimento, e que não é possível participar dela sem descobrir que é preciso avançar pelo espaço e avançar como alguém que tenta recolher alguns parâmetros que lhe sirvam para estabilizar um território que se encontra em frágil equilíbrio. A impressão é a de que neste submundo se alcançou um equilíbrio que, desde minha irrupção, parece estar prestes a se romper. Isso se torna mais evidente quando, ao dar um passo para trás, meu corpo tropeça com alguém ou com algo, subitamente deslocado, a ponto de perder o controle.

A menção do controle é deliberada: tudo se vincula, em *Dark Room*, aos desejos, ao controle e às renúncias do controle. Isso aparece nas peças de Jordan Crandall ou de Harun Farocki, outros artistas que produziram trabalhos de imagem em movimento em que explicitamente se cita a retórica, se cabe a palavra, da vigilância audiovisual[13]. E é

---

13. A obra de Jacoby é quase contemporânea de outra, com a qual tem um curioso parentesco. Há alguns anos, na Fundación DIA, situada então na rua 22 em Nova York, o artista Bruce Nauman apresentou uma peça chamada *Mapping the Studio I (Fat Chance John Cage)*. Nauman é, certamente, um dos mais importantes artistas norte-americanos vivos. Já há três décadas Nauman vive e trabalha em uma

apropriado que assim seja, porque *Dark Room* acontece em uma época em que se evidencia para muitos – na Argentina e de certo modo em qualquer lugar – que uma multiplicidade de problemas clássicos (a natureza da mente e a experiência, o governo e a sociedade) podem se reformular nos termos do controle. Penso na sugestão, formulada há alguns anos

---

casa afastada no Novo México. No verão de 2001, os ratos invadiram a região; à noite, corriam pelo estúdio com tal frequência que o gato, familiarizado, não os perseguia (outras vezes, no entanto, capturava algum, e os restos sangrentos podiam ser vistos no piso de cimento). O artista, por sua vez, passava por um período de neutralidade criativa. Nauman, desde sempre, sugeriu que o que desencadeia a produção de um projeto é a constatação do que se tem à mão: agora, aqui, o estúdio, onde peças ainda por terminar (e cadeiras, latas, papéis) estavam desordenadas ou esperando sobre mesas, também estavam os ratos e uma câmera com visão infravermelha. "Então – diz ele – pensei: por que não fazer um mapa do estúdio e de seus restos? Em seguida achei que seria interessante deixar que os animais, o gato e os ratos fizessem o mapa do estúdio. De maneira que coloquei a câmera em diferentes partes do estúdio que os ratos costumavam frequentar, para ver o que faziam entre as sobras dos trabalhos." As filmagens delimitam uma série de cenas noturnas, onde os executantes (os ratos, o gato, os ocasionais insetos) aparecem ao acaso em brevíssimos instantes. O artista nunca está presente: a câmera era ativada quando ele ia dormir, cada noite em uma posição diferente de um menu de sete posições; a filmagem parava depois de uma hora, o limite da câmera. Assim foi durante quarenta e uma noites. Na versão da DIA, as filmagens eram mostradas integralmente em um espaço escuro, sobre sete telas; cada uma delas, é claro, correspondia a uma das posições da câmera: a peça durava seis horas. Em outra versão mais breve, simultânea, em uma galeria, se exibiam duas edições da peça: uma com modificações de cor e a outra retinha somente as seções de ação, para o espectador hipersensível ao tédio. Mas, nas duas, a faixa sonora deixa ouvir os ocasionais latidos dos cães, os mais raros uivos dos coiotes, e, como algumas das filmagens mostram as portas que conduzem do estúdio ao escritório e ao exterior, e os ratos atravessam esses umbrais, sobre o espaço do estúdio gravita outro som, imperceptível, indefinido, uma abertura e uma fonte de ansiedade. De modo que estão presentes essas ações e as ações involuntárias do artista. Michael Auping, em uma entrevista, pergunta-lhe até que ponto ele vê a si mesmo na peça. Nauman responde: "Algumas vezes "vejo a mim mesmo" [...] e outras vezes não. Às vezes vejo apenas o espaço, e é o espaço do gato e dos ratos, não o meu. Por outro lado, tive que observar as filmagens para preparar o DVD e notei algo: havia me esquecido que nos espaços que filmei, como não filmava todas as noites, a cada hora as câmeras se moviam um pouco. A imagem muda um pouco cada hora, não importa qual seja a ação que esteja acontecendo. Talvez organizasse algumas delas: o que uma pessoa faz no estúdio quando não está fazendo arte". De modo que esta é uma colaboração anômala: o artista, para que se exponha um estado do estúdio, confia o traçado do mapa aos animais que à noite o povoam, mas também ao próprio artista, que durante o dia deixa cair este ou aquele objeto de qualquer jeito, em qualquer canto.

por Deleuze (e reativada mais recentemente por Hardt e Negri), de que as sociedades euro-americanas do presente seriam "sociedades do controle". Penso nas áreas da academia, na medicina ou na neurociência, nas quais a problemática do sujeito se reformula como problemática do controle. Penso, por exemplo, em algumas proposições do filósofo Andy Clark, que nos últimos anos esteve produzindo um modelo do tipo de sujeito articulado às suas próteses, como eu e cada um dos observadores em *Dark Room*. Sujeito da época das extensões digitais que, ao mesmo tempo, se concebe como uma "individualidade somática" (a expressão é do sociólogo britânico Nicolas Rose) e experimenta consigo mesmo um pouco como se experimenta com uma matéria ainda desconhecida, avalia suas reações como quando se pulsa uma corda de harmônicos imprevisíveis. Vincula-se consigo mesmo menos como uma totalidade integrada do que como uma rede de centros relativamente coordenados. Esses sujeitos possuem consciência de si, mas essa consciência, escreve Clark, "emerge como uma espécie de gerente de negócios de novo estilo cujo papel não é gerir os detalhes, mas antes estabelecer objetivos e criar e manter ativamente o tipo de condição na qual vários elementos contribuintes possam atuar melhor"[14], intervir e controlar "indiretamente", desenvolver formas de "controle conjunto". Clark define esse sujeito como uma espécie de gestor de "cambiantes coalizões de instrumentos", coalizões "continuamente abertas à mudança e impulsionadas a se filtrar através dos confins da pele e do crânio, anexando cada vez

---

14. Andy Clark, *Natural-Born Cyborgs: Minds, Technologies and the Future of Human Intelligence*, Nova York, Oxford University Press, 2003, p. 135.

mais elementos não biológicos como aspectos da maquinaria da própria mente"[15].

As sociedades em que esse sujeito habita são as mesmas cujos perfis estão determinados pela normalização, a banalização, a repetição até o cansaço das crises financeiras ou ecológicas; o sociólogo alemão Ulrich Beck propôs, há alguns anos, uma expressão apropriada para se referir a elas: "sociedades de risco", em que o desequilíbrio, a gestão da vida social em condições de alta incerteza, é uma condição banal. O clima cultural e intelectual dessas sociedades está fortemente tingido – assim o sugere Beck – pela consciência crescente de que algo assim como um controle perfeito é impossível: tudo nos incita a perceber o que quer que seja (o meio ambiente, a vida social, o corpo) como objeto possível de uma intervenção humana, mas sabemos que toda intervenção tem consequências imprevisíveis; tudo se expõe a nós como se estivesse "à mão" (se podemos usar a expressão de Heidegger ligeiramente modificada) e, ao mesmo tempo, desde o começo, em fuga. Mas não é isso que acontece comigo em *Dark Room*? E, no entanto, seu dispositivo converte a condição de desequilíbrio e desconcerto em que me encontro, quando estou ali, em uma ocasião de prazer, embora de prazer problemático. Em que sentido? Do mesmo modo que o cinema narrativo mobilizava as capacidades do observador de decifrar representações, essa peça mobiliza tudo aquilo em mim que pertence à dimensão do controle, ou seja, tudo aquilo que tem a ver com a articulação da minha presença corporal no mundo em relação aos dados

---

15. Ibid., p. 135.

que me são oferecidos, com o meu intento de equilibrar minha experiência e convertê-la em estável, harmonizada, familiar. E, do mesmo modo que o mais ambicioso do cinema narrativo introduzia uma dimensão de resistência e dificuldade na narração, essa peça introduz uma dimensão de resistência e dificuldade nesse processo, embora uma dificuldade e resistência que iluminam.

Certamente *Dark Room* é uma peça interativa, mas minha interação com a peça está marcada por uma opacidade fundamental. E essa opacidade permanece na memória que tenho do evento. Um detalhe que me parece curioso, ao pensar no assunto algumas semanas mais tarde, é a minha impressão de que o local estava em completo silêncio. Não que as criaturas estivessem em silêncio, mas porque a faixa sonora dessa porção de realidade havia se desconectado. Entretanto, não vejo por que teria sido o caso, de maneira que, nesse ponto, tenho de estar equivocado. Mas algo deve ter produzido essa ilusão. Que coisa? Talvez essa impressão de silêncio (de silêncio perfeito: silêncio de tela muda, sem sombras nem rastros de som) seja uma das manifestações da desconexão geral que o dispositivo induz, e que não é causada apenas pelo desconcerto que produz o fato de que o presente, em virtude das condições de observação, tenha sido transposto para uma temporalidade indeterminável, mas porque, em virtude disso (da alteração das condições pelas quais a percepção e a ação se enlaçam) o observador (eu, nesse caso, mas, uma vez mais, confio em que isso tenha acontecido a outros) faz uma experiência de si como se estivesse dividido em um corpo que está lá embaixo, repentinamente vinculado aos outros – aos quais toca levemente, ou com quem se choca – e a um aparelho de visão que se tornou repentinamente como que um satélite, não exatamente ausente da situação, mas sobrevoando-a, realizando um reconhecimento móvel e rapidíssimo dessa vida lenta que tem lugar na escuridão.

Ou talvez a impressão de silêncio se deva, mais simplesmente, ao fato de que nenhuma das criaturas (a palavra, em sua generalidade, é o melhor para descrever sua maneira de aparecer nesse porão), nenhuma delas, fala. Esse detalhe, suponho eu, não é alheio a essa impressão de estar em presença de uma população mais simples. Larvária, talvez, menos diferenciada inclusive. Não necessariamente gloriosa em sua indiferenciação; não, em todo caso, como aquelas simulações da orgia que ensaiava certo teatro: nenhum corpo sem órgãos quisera pôr-se em cena nesse lugar. Trata-se de uma população ocupada em intercâmbios simples: passagem de objetos de mão em mão, que cada mão faz girar para explorar seus potenciais; toques que geram zonas de hiperestesia e geram reações que ao mesmo tempo as estendem e dissipam; enlaces nos quais os corpos ensaiam posturas, crispações ou abandonos de uma corporalidade silenciosa, porém leve, que menos se submerge no mutismo do que deixa cair a linguagem, como se fosse uma matéria demasiado pesada. Há algo aqui daquilo que Adorno entendia como uma promessa utópica, embora uma promessa cujos termos não podem acabar de ser explicitados.

É provavelmente desnecessário esclarecer que, no nível mais imediato, o impacto da peça (em todo caso, para este observador) era grande, e que se tratou de uma das experiências de comunicação mais intensas que me aconteceram recentemente. Comunicação com quê? Com quem? Quê ou quem: a alternativa é impossível de precisar. É que ali a gravidade do corpo no espaço onde ele se desloca e a orbitação do olhar no contínuo audiovisual, a flutuação e a queda, se enlaçavam para produzir um modo singular de intimidade: intimidade que não se dá – ou não se dá de maneira simples – entre pessoas perfeitamente integradas no espaço, contínuas no tempo, identificáveis ali onde aparecem. *Dark Room* é uma das explorações mais intensas que me tocou conhecer daquilo que, no começo, com Shaw e Weibel, se chamava de um "cinema expandido". Essa intensidade tem a ver com a estranheza e ao mesmo tempo com a naturalidade (se é que essa palavra ainda pode ser usada) do dispositivo, com o fato de que as condições de experiência que regiam no âmbito de *Dark Room* eram extremamente peculiares, mas suas ressonâncias com aquilo que há de novo em nossa experiência cotidiana do mundo (em um universo histórico em que a experiência é inseparável das mediações técnicas nas quais se encontra desde o começo inserida, incluída, transportada) são múltiplas, diversas, enigmáticas. É que a peça retoma, articula e estiliza elementos que podem se encontrar (compostos de outra maneira, configurados segundo outros planos) em nossa maneira de percorrer um universo onde tudo se encontra, em cada um de seus pontos, transmitido, um mundo de cabos e condutores, de nós e portas, onde a possibilidade da experiência reside na capacidade de encontrar uma posição no tecido ou na cadeia de mediações e transportes, no contínuo audiovisual, na constelação das mensagens.

UMA ECOLOGIA NO SUBÚRBIO

1

Se tivesse que enumerar as novidades destes anos no domínio das artes que ainda costumamos chamar de "plásticas", começaria por mencionar a frequência e a intensidade com que um número crescente de artistas consagrou suas melhores energias a explorar formas anômalas de produção colaborativa. A peça de Jacoby – na qual um grande número de participantes se incorpora a uma estrutura em que suas ações, quando se associam, resultam na produção de cenas, de imagens, de discursos sobre os quais nenhum deles, nem o primeiro instigador, tem o controle final – é um caso particular dessa tendência. Há mil outros. *A batalha de Orgreaves*, por exemplo, de Jeremy Deller e Mike Figgis, é uma encenação que trata do enfrentamento entre um grupo de mineiros em greve e policiais que aconteceu em South Yorkshire, na Grã-Bretanha, em 1984. Ali morreram vários grevistas e se consolidou, de maneira sangrenta, o plano econômico do governo de Margaret Thatcher. No ano 2000, Jeremy Deller reconstruiu, com um grupo variado de participantes, o enfrentamento no local onde ele havia ocorrido. Alguns deles haviam participado (como mineiros, policiais ou observadores) da batalha de 1984; outros, de algum modo, eram especialistas: recriavam, com regularidade, campanhas militares históricas. O público imediato da reconstrução era formado pelos habitantes do local e seus visitantes, mas também pelas câmeras dirigidas pelo cineasta Mike Figgis, que registrou o evento, e cujas tomadas, associadas a documentações da antiga batalha e a entrevistas com os veteranos daquela campanha, resultaram em um vídeo que foi exibido pela primeira vez no Canal 4 britânico e, em seguida, em inúmeras galerias e festivais.

Aqui um grande número de pessoas se reunia em uma determinada localidade para que um evento se desenvolvesse durante um período pequeno de tempo: um caso semelhante é *Quando a fé move montanhas*, de Francis Alÿs, que nasceu na Bélgica e viveu muitos anos no México. Em 2002, Alÿs convocou, nos arredores de Lima, no Peru, quinhentas pessoas que se dedicaram à tarefa em comum de mover uma vasta duna de areia, mas somente alguns metros, para cumprir o que o artista chama de "um *'beau geste'*, ao mesmo tempo superficial e heroico, absurdo e urgente". Mas às vezes a colaboração se estende no tempo, os participantes ocupam locais estanques e diversos, e a sincronização de suas ações é mais fraca. Penso em uma obra como *Take Care of Yourself*, da artista francesa Sophie Calle. Na origem dessa obra, um amante de Calle enviou-lhe uma mensagem eletrônica de rompimento: uma trivial e fantástica *performance* de duplicidade que se encerrava com a frase do título ("cuide-se"). A artista pediu a 107 mulheres (antropólogas, filósofas, bailarinas, cineastas, escritoras, terapeutas, advogadas, atrizes, criminologistas, grafólogas, poetisas) que interpretassem, das perspectivas variadas de suas disciplinas, essa mensagem, que foi, então, analisada, decifrada e recifrada, traduzida, dramatizada, dançada, versificada de 107 modos, registrada em fotografias e vídeos, em cartazes, em folhas impressas e penduradas, em gravações, todo esse material reunido em galerias e publicações.

Esses projetos têm datas pautadas de começo e fim. Outros são de duração aberta, como *The Land*, iniciado por Rirkrit Tiravanija e Kamin Lerdchaprasert, que em 1998 adquiriram um campo de arroz próximo ao povoado de Sanpatong, na Tailândia. Essa terra se destinaria à aplicação de técnicas de cultivo concebidas por um camponês tailandês (chamado Chaloui Kaewkong) e administradas por grupos de estudantes da universidade local. O lugar seria destinado também a oferecer um terreno para que artistas asiáticos, americanos e europeus desenvolvessem experimentações possibilitadas e delimitadas pelas condições do lugar: o grupo Superflex, de Copenhague, desenvolveu um sistema de produção de gás baseado na biomassa; o artista tailandês Prachya Phintong reuniu coleções de peixes; a cozinha foi concebida por Kamin Lerdchaprasert, Superflex, Tobias Rehberger (que designou lâmpadas para o complexo) e Rirkrit Tiravanija; as latrinas, pelo grupo holandês Atelier Van Lieshout; uma curiosa sala geral de reuniões foi desenvolvida pelo artista Philippe Parreno e pelo arquiteto François

Roche. O artista Mit Jai In realizou um jardim heterodoxo; Tobias Rehberger construiu uma estrutura inspirada na forma dos pratos de Swabia; Tiravanija também edificou uma casa de três planos. A série permanece aberta.

A tendência foi notada. E foi notado também como é difícil encontrar termos críticos satisfatórios para analisá-la. Alguns são mais propensos a afirmar que os iniciadores desses projetos abandonam completamente, sem deixar nada para trás, as maneiras de operar daquele mundo das artes que se organizava em torno das figuras da obra e do artista, e inauguram um modo de produzir objetos e processos com um componente estético, sem ter absolutamente qualquer relação com o que havia até então no lugar. O vocabulário da ruptura e o novo começo, no entanto, podem nos distrair dos aspectos mais interessantes dessas práticas de autoria complexa. De minha parte, parece-me possível e desejável descrever esses desenvolvimentos mobilizando outros modelos: os que podemos encontrar no trabalho de alguns historiadores e sociólogos da ciência. Penso, por exemplo, no trabalho de Helga Nowotny, que acredita que nas últimas décadas emergiu, particularmente no âmbito das ciências da vida, uma forma de investigação com características diferenciadas. Diferenciadas com respeito a quê? Do que se chama "modo 1" de investigação, que é o que conduzem as comunidades profissionais de cientistas no contexto de laboratório. Na investigação em "modo 2" (que é o modo que ela analisa), os problemas "são formulados desde o início no contexto de um diálogo entre numerosos atores com suas perspectivas", e a resolução desses problemas depende de "um processo de comunicação entre vários interessados"[1]. Ao ser concebido como um "foro ou plataforma" para a aquisição de conhecimentos através da colaboração de populações heterogêneas, um projeto que se conduz segundo os métodos e hábitos do "modo 2" de investigação resulta na "emergência de estruturas organizacionais frouxas, hierarquias planas e cadeias de comando abertas". Enquanto em um sistema do "modo 1", "o foco do projeto intelectual, a fonte dos problemas intelectualmente interessantes, emerge em maior medida dentro dos limites das disciplinas", na mais recente investigação transdisciplinar "é no contexto da aplicação que as novas linhas de inquisição intelectual emergem e se desenvolvem, de modo que um conjunto de conversas e instrumentações no contexto da aplicação leva a outro, e a outro mais, repetidas vezes"[2]. E isso, acrescenta Nowotny, gera a exigência de encontrar, se quiserem avaliá-los, critérios de qualidade que contemplem um número de parâmetros maior que o mais usual (entre esses parâmetros se encontra a novidade dos resultados de um ponto de vista disciplinar, mas também a capacidade de abrir novas cenas de diálogo entre múltiplos atores).

Penso que projetos como os que mencionei anteriormente podem ser lidos produtivamente como se fossem análogos às investigações realizadas nos termos do "modo 2" de produção científica. Na verdade, aqueles projetos propõem a formação de diálogos entre indivíduos de diferentes disciplinas (ou de nenhuma): por isso, são possíveis

---

1. Helga Nowotny, "The Potential of Transdisciplinarity". Disponível em inglês em: <http://interdisciplines.org/interdisciplinarity/papers/5>.
2. Ibid.

graças ao desenho de estruturas organizacionais nas quais há focos e hierarquias, mas sempre revisáveis, estruturas abertas e fluidas em termos dos níveis de intensidade e individualidade das implicações que permitem. Os artistas que se consagram a essas práticas não abandonam simplesmente os objetivos anteriores da prática artística – construir objetos ou projetar processos que sejam semanticamente densos e formalmente complexos –, mas tentam vincular tais objetivos à edificação de aparatos sociotécnicos que permitam o desenvolvimento de processos de aprendizagem coletiva, nos quais a tradição da arte moderna seja confrontada de forma direta com as problemáticas de locais sociais particulares.

Certamente isso requer esclarecimentos. Para nos entendermos melhor, vou me deter em um caso especialmente interessante (e que tem a virtude adicional de ser bem conhecido, pelo menos entre observadores frequentes do cenário das artes plásticas): o de alguns projetos recentes do artista suíço Thomas Hirschhorn, que nasceu em 1957. No início de sua carreira ele foi desenhista gráfico e, desde o começo dos anos 1990, realiza uma obra que, a meu ver, é uma das poucas proposições com as quais ninguém que esteja interessado nos assuntos da arte no presente pode deixar de levar em conta. A peça central de sua obra é uma série de projetos públicos realizados na década de 2000. O primeiro deles foi o *Spinoza Monument*, uma breve edificação instalada em Amsterdã em 1999. Depois vieram o *Deleuze Monument* em Marselha e o *Bataille Monument* em Kassel. O mais recente é *Swiss-swiss Democracy*, montado no ano passado na embaixada da Suíça em Paris. O mais complexo de todos, parece-me, é o *Museu precário Albinet*, que teve lugar em Aubervilliers em 2004.

Aubervilliers é um bairro que fica a noroeste do núcleo da cidade de Paris, depois das últimas estações do metrô. O bairro costumava ser um enclave da classe operária; nos anos 1930 alojou numerosos refugiados da Guerra Civil Espanhola. Como é o caso de muitos bairros semelhantes em grandes cidades europeias, Aubervilliers, no correr das décadas, foi pouco a pouco abandonado pela maior parte dos descendentes dessa antiga população e se tornou um local de residência para a imigração árabe e africana mais recente. As tensões sociais em Aubervilliers são constantes (o bairro foi um dos focos da rebelião de 2007) não só entre os grupos de etnias e religiões diversas, mas entre os mais velhos e os mais jovens, os homens e as mulheres. Uma das instituições mais ativas da cena parisiense da arte contemporânea, *Les laboratoires*, tem sua sede no bairro. Aubervilliers, por fim, é o local onde Hirschhorn tem seu estúdio. Talvez seja por isso que *Les laboratoires* o convidou a propor um projeto para o qual a instituição facilitaria os principais recursos.

O processo de definição do projeto foi muito prolongado, como o mostra o volume que acabaria sendo publicado para documentá-lo. O ponto de partida foi a escolha de um lugar: Hirschhorn optou por desenvolver o projeto em um terreno baldio que fica em frente a uma biblioteca e a um centro juvenil, que são administrados por assistentes sociais que passam algum tempo no bairro. A premissa do projeto era que esse terreno baldio fosse a cena na qual se montaria um museu transitório de arte moderna onde seriam expostas obras originais. Em uma "declaração de intenções" escrita no início do processo, em fevereiro de 2003, Hirschhorn escreveu que o fato de obras de arte originais serem transportadas para o *Museu precário* não seria um detalhe acessório, mas "o ponto de partida do projeto. É necessário que durante alguns dias *essas obras sejam ativadas*. Elas têm que cumprir uma missão especial, não a de ser um patrimônio, *mas uma missão de transformação, que era possivelmente sua missão inicial*. Por isso, é indispensável que as obras sejam deslocadas do contexto do museu e transportadas para esse *Museu precário* em frente ao prédio de apartamentos da rua Albinet, pois assim se confrontam com o tempo que flui hoje mais uma vez. Essa talvez seja uma reatualização"[3]. É importante levar em conta (particularmente porque muitos dos comentários que li do trabalho do artista tendem a ignorar o que suspeito poder ser visto como um anacronismo) que o projeto está explicitamente baseado na crença de que as obras de arte, em sua existência separada, possuem o poder de irradiar energia que tenha a capacidade de mudar, uma existência por vez, as condições da vida. Como os leitores devem saber, há certo consenso entre críticos e teóricos acerca de que o poder ou a impotência das obras de arte depende estritamente de sua inscrição institucional. Mas essa não é a perspectiva de Hirschhorn, que pensa haver objetos que possuem poderes intrínsecos, não importa onde sejam encontrados (isso não significa que alguns espaços não favoreçam e outros impeçam a manifestação de algumas dessas potencialidades).

---

3. Thomas Hirschhorn, *Musée Précaire Albinet*, Paris, Éditions Xavier Barral-Les laboratoires d'Aubervilliers, n/p.

Segundo a perspectiva do artista, o objetivo central do projeto era construir um local onde a capacidade da arte de mudar, do modo mais violento, as condições da vida se tornasse manifesta. É que, para Hirschhorn, as obras de arte perdem esse caráter irruptivo que ele valoriza quando são expostas nas instituições mais usuais. Quando as obras não estão sob o risco de serem atacadas, rechaçadas, ignoradas, perdem, ao mesmo tempo, o seu poder; reativá-las, pensa ele, implica colocá-las sob o risco não apenas de serem roubadas ou destruídas, mas sob o risco associado de expô-las a circunstâncias que são muito diferentes daquelas em que foram produzidas, e confrontá-las com o que chama de "um público não exclusivo".

"Eu sempre odiei – disse Hirschhorn em uma entrevista recente – certo modo de apresentar obras de arte que quer intimidar o espectador. Com frequência me sinto excluído da obra pela maneira em que ela é apresentada. Eu me aborreço quando se fala da importância do contexto na apresentação das obras de arte. Desde o começo quis que meus trabalhos lutassem por sua existência, e por isso sempre os coloquei em uma situação difícil."[4] Colocar uma série de peças em uma situação difícil é, como antes dizia, a razão principal da existência do *Museu precário*. Em uma entrevista que data do começo do projeto, Hirschhorn declarava que "com o *Museu precário* queria estar o mais próximo possível do incompreensível e do incomensurável [...]"[5]. "O que me

---

4. "Alison M. Gingeras in Conversation with Thomas Hirschhorn", em Benjamin H. D. Buchloh, Alison M. Gingeras e Carlos Basualdo, *Thomas Hirschhorn*, Londres, Phaidon, 2005, p. 14.
5. Thomas Hirschhorn, *Musée Précaire Albinet*, op. cit., n/p.

interessa – continua – é a luta corpo a corpo", que implica pôr as obras de arte em situações em que (uma vez mais) "têm de lutar para existir"[6]. O léxico da luta, da força, do poder e da energia é muito característico do artista (que, dessa maneira, dá testemunho da gravitação em seu trabalho da atmosfera intelectual na qual se formou, atmosfera marcada pelos trabalhos de um Deleuze e um Foucault, de um Bataille, um Artaud, um Nietzsche). O que o projeto deve produzir é energia. "Não energia beuysiana, mas energia no sentido de algo que conecta as pessoas, que pode conectá-lo com outros."[7] Hirschhorn repete com frequência que o lema básico do seu trabalho é o seguinte: "Qualidade não, energia sim!"[8]. Mas é precisamente essa energia que, em sua opinião, o museu bloqueia. As obras de arte têm, então, que ser reativadas. Para que isso aconteça, devem ser transportadas para o *Museu precário*. Por isso, o Museu de Arte Moderna, Centro Georges Pompidou, foi contatado e foram-lhe solicitadas várias peças dos oito artistas (Dalí, Beuys, Warhol, Malevich, Mondrian, Léger, Duchamp e Le Corbusier) sobre a base dos quais o projeto se desenvolveria. Desnecessário esclarecer que a negociação para obtê-las foi muito prolongada; ao final dela, o Museu de Arte Moderna, assombrosamente, aceitou.

Para Hirschhorn, a reativação das peças em questão requeria que fossem deslocadas do museu e colocadas em uma plataforma em que uma população muito diversa (artistas,

---

6. Ibid., n/p.
7. Benjamin H. D. Buchloh, "An Interview with Thomas Hirschhorn", *October*, vol. 113, verão de 2005, p. 89.
8. Ibid., p. 92.

escritores, filósofos, assistentes sociais, vizinhos) participasse de um processo que consistiria, entre outras coisas, em um experimento pedagógico. Na verdade, o objetivo do projeto era que durante o experimento se desenvolvesse uma discussão detalhada acerca da tradição da arte moderna, de sua relevância no presente e de suas aplicações potenciais (na prática política, na reflexão ética, como consolo ou entretenimento), discussão que relacionasse essa tradição com os assuntos próprios do local social em que teria lugar, de maneira que para os participantes (e para Hirschhorn, em primeiro lugar) se convertesse na ocasião de uma *experiência*[9].

Em uma entrevista com Benjamin H. Buchloh, falando do anterior *Bataille Monument*, Hirschhorn define o que se propõe fazer nesse tipo de projeto, como a criação de uma entidade que reúna e amarre "conjuntos de sentidos": de peças de significação e de funções. Cada um dos monumentos, acrescenta ele, é "muitas coisas, não apenas uma escultura, mas também um lugar de encontro"[10], mas um lugar de

---

9. Emprego essa palavra no sentido que o filósofo Robert Brandom lhe dá no contexto de uma discussão da tradição filosófica do pragmatismo norte-americano. "O antigo empirismo – escreve Brandom, falando do empirismo britânico da antecipada modernidade – achava que a unidade de experiência eram eventos separados: episódios que constituem conhecimentos em virtude de sua ocorrência em bruto. Estes atos primordiais de tomada de consciência se supõem disponíveis para prover os materiais em bruto que possibilitam qualquer tipo de aprendizagem (paradigmaticamente, por associação e abstração). Em contraste com esta noção de experiência como *Erlebnis*, os pragmatistas (que haviam aprendido a lição de Hegel) concebem a experiência como *Erfahrung*. Para eles, a unidade de experiência é um ciclo de percepção, ação e percepção subsequente dos resultados da ação, que segue uma sequência de teste-operação-teste-resultado. Neste modelo, a experiência não é um componente no processo de aprendizagem, mas é o próprio processo [...]." Robert Brandom, "The Pragmatist Enlightenment (and its Problematic Semantics)", *European Journal of Philosophy*, vol. 12, nº 1, abril de 2004, p. 4.

10. Benjamin H. D. Buchloh, "An Interview with Thomas Hirschhorn", op. cit., p. 85.

encontro em que a ocasião das reuniões, os focos em torno dos quais se organizam não são simplesmente espetáculos. Porque, conclui, "creio que a condição de espetáculo resulta quando se concebe um evento em termos de dois grupos, um que produz algo e o outro que olha. Não era isso que acontecia ali. É possível criar um evento que seja tão difícil e complicado, e incrivelmente extenuante, que sempre vá apresentar demandas excessivas ao espectador. O primeiro a sofrer a sobrecarga fui eu, os seguintes foram meus colaboradores, as pessoas do conjunto habitacional e, por último, espero, o visitante. Nesse sentido creio que, se há um desafio constante, pode-se manter a distância o espetáculo. E, naturalmente, parte do desafio é a limitação de tempo"[11].

Observem que o excessivo – o excessivamente complexo – tem aqui uma função determinada: saturar a atenção e fazer com que seja impossível para cada um dos participantes reduzir a multiplicidade do projeto. É isso mesmo que deveria impedir que a coletividade que se reúne em torno do projeto se estruture como a que se reúne em torno de uma obra de arte em um museu ou uma galeria, onde se associam ou confrontam dois domínios estritamente diferenciados. O repúdio dessa outra modalidade é a "posição política" na qual se baseia a obra. Seja por que razão for, Hirschhorn insiste, sempre que pode, que sua obra não esteja primariamente orientada para melhorar as condições de vida das comunidades onde é colocada, define a sua posição em contraste com a daqueles que mobilizam a arte para abordar os problemas de uma comunidade, tal como podem

---

11. Ibid., p. 86.

ser definidos de uma posição externa a ela. O axioma básico de Hirschhorn é que a arte é um domínio de ações injustificáveis. Assim descreve sua posição em uma conversa com Alison Gingeras: "Não sou um animador nem um trabalhador social. Mais que provocar a participação da audiência, quero envolvê-la. Quero forçar a audiência a se confrontar com meu trabalho. Esse é o intercâmbio que eu proponho. As obras de arte não necessitam de participação; as minhas não são obras interativas. Não é necessário que sejam completadas pela audiência; têm de ser obras ativas, autônomas, com a possibilidade de envolvimento"[12].

É importante ressaltar que, para Hirschhorn, afirmar desse modo a autonomia da arte não é o mesmo que sustentar uma "noção exaltada da arte elevada"[13]. Ao contrário, "questiono isso e o critico. Por isso crio minha obra com meus próprios materiais". "É muito importante para mim afirmar que é possível trabalhar com resultados, poder-se-ia dizer, incrivelmente miseráveis – não somente desalentadores, mas miseráveis – e verdadeiramente modestos."[14] É importante, conclui, usar materiais e procedimentos que, de uma maneira ou outra, dissociem a obra de toda pretensão de qualidade. Porque a mobilização da noção de qualidade "quer nos separar, nos dividir"[15].

Como eu dizia antes, o *Museu precário* consistia em uma estrutura de quatro espaços principais. Seu aspecto geral não

---

12. "Alison M. Gingeras in Conversation with Thomas Hirschhorn", op. cit., p. 26.
13. Benjamin H. D. Buchloh, "An Interview with Thomas Hirschhorn", op. cit., p. 89.
14. Ibid., p. 89.
15. Ibid., p. 89.

teria surpreendido o visitante conhecedor da obra precedente de Hirschhorn: as breves edificações em que consistia eram construídas com peças de plástico, madeira e papelão unidas de maneira precária com enormes quantidades de corda e fita adesiva. O espaço central era uma galeria pequena onde se realizavam as exposições. O centro do programa que se desenvolvia nesse lugar era na verdade uma série de oito exposições, cada uma das quais durava uma semana e era dedicada a um dos oito membros do grupo de artistas centrais da modernidade (Dalí, Beuys, Warhol, Malevich, Mondrian, Léger, Duchamp e Le Corbusier). O plano geral das instalações havia sido decidido por Hirschhorn, e os detalhes da execução por seus colaboradores (jovens do bairro que ele havia contratado). Nesse espaço central as obras eram apresentadas acompanhadas de séries de fotocópias e reproduções coladas na parede e fragmentos encadernados de textos de enciclopédias ou revistas. O breve espaço transbordava de informações que se apresentavam seguindo mais a retórica do cartaz ou do *grafitti* do que a retórica do texto de museu. No centro estavam as obras, mas cercadas de um halo de textos e imagens que ao mesmo tempo as emolduravam e as submergiam em ruído visual e textual. Esses textos eram não somente explicações das obras e informações acerca de seus contextos de produção, mas também elogios, celebrações que tinham a estridência dos gritos que celebram uma vitória no futebol ou uma execução notável em um concerto. Nesse aspecto, o *Museu precário* é um herdeiro de alguns "quiosques" ou "estandes" que Hirschhorn realizava desde finais da década de 2000, pequenas construções feitas de madeira e papelão, casinhas instaladas em pontos de circulação e espaços intersticiais que se pareciam um pouco com as lojas que se encontram nas estações de trens ou aeroportos. Nelas, os transeuntes podiam se deter para consultar livros, álbuns fotográficos, vídeos e panfletos relacionados com diversos artistas, escritores e filósofos: Fernand Léger, Liubov Popova, Robert Walser, Meret Oppenheim e alguns outros. Como assinalou Benjamin H. D. Buchloh, "esses estandes são continentes arquitetônicos híbridos, que oscilam entre a vitrine e o santuário"[16], edificações que evocam ao mesmo tempo a central de informações, o local de exibição de um produto e o lugar destinado ao culto. Mais ainda quando são as obras de um fanático. É que, diz Hirschhorn,

> [...] sou fanático por Georges Bataille da mesma maneira que sou fanático pela equipe de futebol do Paris Saint-Germain. [...] O fanático pode parecer *kopflos*[17], mas ao mesmo tempo é capaz de resistir porque está comprometido com algo sem passar por argumentos; é um compromisso pessoal. É um compromisso que não requer justificações. O fanático não tem que se explicar. É um fanático. É como a obra de arte que resiste e preserva sua autonomia. É importante e complexo. Quando realizei as *Bufandas de Artistas* (1996), o sucesso dependia de que as pessoas de Limerick conhecessem Marcel Duchamp, sem falar de Rudolf Schwarzkogler ou David Stuart. O projeto tinha a ver

---

16. Benjamin H. D. Buchloh, "Thomas Hirschhorn: Lay Out Sculpture and Display Diagrams", op. cit., p. 77.
17. "Sem juízo", "descabeçado" e "desmiolado" seriam algumas traduções para este termo. (N. E.)

com um desejo de não exclusão. Da mesma maneira, o *Bataille Monument* me permitiu entender melhor o que é um fanático.[18]

É preciso levar Hirschhorn a sério quando ele afirma que seu desejo é gerar, no espaço da arte, o nível de energia coletiva e as formas de resposta características de eventos desportivos ou celebrações religiosas. E temos de supor que era isso que pretendia transmitir no *Museu precário*, que incorporava numerosos elementos do anterior *Bataille Monument*. A biblioteca, por exemplo, que ocupava a maior parte do segundo espaço que também era uma espécie de centro de operações: aqui se anunciava a informação acerca das atividades futuras do projeto. Nesse espaço, um vizinho montou uma exposição sobre a história do bairro. Essa sala se converteu em um espaço de encontro para os jovens da área. Devido à localização do *Museu precário* (em frente ao centro juvenil e à pequena biblioteca pública), circulava muita gente dentro do edifício, principalmente nas últimas horas do dia (o *Museu* ficava aberto das dez da manhã até o final da tarde).

Do outro lado do espaço de exposições havia uma sala de aula onde se realizava uma série de eventos. A regra de funcionamento do *Museu* era que nele deviam ter lugar atividades todos os dias, de segunda a domingo. As segundas--feiras eram os dias menos ativos do projeto, e então um grupo desmontava as exposições, retornava ao Pompidou as

---

18. Ibid., p. 35-38.

peças que haviam sido emprestadas e voltava a Aubervilliers com as obras destinadas à exposição seguinte. Essa tarefa era executada pelo próprio Hirschhorn, que durante o curso do projeto encarnava o personagem do Lutador, com a ajuda de um grupo de seis ou sete jovens, que o artista chamava de Os Guardiões e que nos meses anteriores ao início do projeto recebiam um minucioso treinamento. Vale a pena ressaltar que, desde o princípio, houve uma discreta ficcionalização do *Museu*, ficção que, quando foi registrada e apresentada (sob a forma de um filme e um livro), pôde ser lida como uma espécie de autossacramental, em que uma série de objetos é levada em peregrinação, como ícones retirados dos altares para serem exibidos nas procissões, a fim de serem reativados pela aclamação de determinada comunidade.

As terças-feiras eram os dias em que as exposições eram instaladas. No final do dia, celebravam-se as inaugurações com festas no espaço exterior, onde havia um bar atendido por uma família do bairro, aberto o dia todo e centro de grande atividade. Às quartas-feiras eram realizadas oficinas, principalmente dirigidas a crianças e adolescentes. Essas oficinas, em grande número, eram dirigidas por convidados e se vinculavam às exposições: juntamente com a exposição de Malevich houve uma oficina sobre "a linguagem do corpo e as formas puras"; no caso de Mondrian, foi organizada uma oficina de desenho; no de Le Corbusier, a produção de um modelo arquitetônico; em coordenação com Beuys, uma vitrine onde pudesse se expor um bestiário; no caso de Léger, o desenho de fantasias para serem apresentadas em um desfile. Nessas oficinas eram produzidas imagens e objetos que eram exibidos no próprio espaço em que eram produzidos (como os desenhos) ou se mobilizavam durante as atividades associadas ao *Museu* (as fantasias), de modo a produzir uma interconexão progressiva entre as exposições (e as obras que estavam em seu centro) e a trama de produções com as quais se confrontavam.

Além dos anteriores, às quintas-feiras havia oficinas de escrita criativa, dirigidas por oito mulheres escritoras, que às sextas-feiras também dirigiam uma série de debates sobre pares de termos supostamente relevantes para a vida no bairro: "homens/mulheres", "estados comunistas/estados capitalistas", "judeus/árabes", "esquerdistas/direitistas", entre outros. Aos sábados à tarde eram oferecidas conferências sobre cada um dos artistas. E uma vez por semana (às quintas-feiras), pequenos grupos saíam em excursão. As excursões se relacionavam com os artistas em questão, mas também incluíam a aula de harmônicos do absurdo, característicos dos projetos de Hirschhorn. Durante a semana de Dalí, um grupo foi ao Museu Dalí em Montmartre, mas também à Galérie Furstenberg, a um restaurante espanhol e à Escola de Belas Artes. Durante a semana dedicada a Beuys, um grupo visitou o Musée des Grandes Heures du Parlement et du Senat e se encontrou com o grupo ecologista Robin des Bois. Durante a semana de Mondrian viajaram até Haia, ao mercado Herman Costerstraat, ao Gemeentemuseum e à praia. Durante a semana de Léger, visitaram a Réserve des costumes et des décors de l'Opéra Bastille, uma fábrica de automóveis e um cinema, para assistir um filme sobre Léger. Aos domingos, fechando a semana, houve um almoço aberto a todos e preparado por membros da comunidade. Essas celebrações eram fundamentais para a vida do projeto, que concluiu com o desmantelamento dos edifícios e uma rifa dos restos do projeto.

2

Não é necessário enfatizar a recorrência dos motivos que identificamos: a exposição do artista no local em que está a sua obra, mediante uma intervenção pessoal, feita de materiais menores associados em totalidades vagas, a paixão pelas coleções, nas quais é reativado um fragmento do passado. E a exploração de formas de autoria complexa. Thomas Hirschhorn, nos últimos anos, concentrou-se na construção de arquiteturas de volumes, textos e imagens, e de programas de atividades estruturados, mas abertos às contingências do seu desenvolvimento, dos quais se espera que permitam que uma coletividade heterogênea e organizada se comprometa em várias ações comuns durante um tempo relativamente prolongado, embora finito. Cada um desses projetos, no momento de sua execução, devia permitir que tantos indivíduos quanto fosse possível se conectassem com ele de maneiras muito diversas. Os projetos terão, espera o artista, uma multiplicidade de usos, dependendo dos interesses daqueles que, para usar uma expressão sua, se envolvam neles: podem ser abordados como espaços de encontro, oportunidades para aprender algo sobre artistas e autores, fontes de emprego, para observar, analisar ou criticar obras de arte. Hirschhorn, entre outras coisas, as concebe como entornos nos quais podem ser reativadas algumas potencialidades latentes do tipo de objeto ativo que, de sua perspectiva, são as obras de arte. O que determina a singularidade de sua posição é uma maneira específica de compor artefatos sociotécnicos que incluam objetos, imagens, espaços, textos, instituições e indivíduos.

Como eu dizia antes, parece-me que essa singularidade ficava oculta quando se liam os projetos a partir da perspectiva dos esquemas de análise mais familiares. O projeto alcançava uma definição melhor se comparado a um tipo de entidade sociotécnica que três autores franceses, Michel Callon, Pierre Lascoumes e Yannick Barthe, descreveram há alguns anos no livro *Agir dans um monde incertain* [Atuar em um mundo incerto]. O objetivo desse livro é estudar uma forma específica de organizar a investigação científica que se desenvolveu ultimamente no contexto do que os autores chamam de "controvérsias sociotécnicas": controvérsias que emergem em torno de problemas cuja resolução exige mobilizar os recursos do saber de especialistas ao mesmo tempo que os saberes informais de populações afetadas. Controvérsias desse tipo acontecem, com uma frequência particular, em três campos: saúde, ecologia e segurança da alimentação. Controvérsias desse tipo emergem, por exemplo, quando existe a necessidade de encontrar um equilíbrio entre o desenvolvimento econômico e a proteção do meio ambiente, ou a redução do custo de produção dos alimentos, com o risco que supõe o uso de produtos geneticamente modificados, ou o uso de tratamentos experimentais para alguns problemas de saúde, por seus possíveis efeitos colaterais.

Em torno de problemas como esses tendem a se formar coletividades de investigação que se associam com cidadãos comuns, cientistas, ativistas, oficinas governamentais (a lista pode ser ampla). Os autores de *Agir dans um monde incertain* chamam essas coletividades de "laboratórios ao ar livre" ou "foros híbridos". Esses tipos de espaço de comunicação cresceram muito nos últimos anos, e pode-se esperar que continuem crescendo, pontualmente na investigação dos campos antes mencionados. A expansão dessa forma de investigação é um fenômeno original, e inclusive um ponto de inflexão, quando ele é considerado no contexto do modo dominante de desenvolvimento da ciência, desde o século XVI. Essa é a tese do livro.

Para que se entenda o que é um "laboratório ao ar livre", seria mister citar um exemplo. Tomemos a investigação sobre aids, como vem ocorrendo desde os anos 1980. Há uma década, Steven Epstein sugeria que valia a pena prestar atenção a um aspecto particular da investigação sobre aids nos Estados Unidos:

> Um dos aspectos mais notáveis da maneira em que a investigação sobre aids foi realizada nos Estados Unidos é a diversidade daqueles que participaram da construção de conhecimento verossímil. Em uma vasta e esclarecida arena de perímetro poroso e difuso, uma eclética coleção de atores tentou afirmar e comprovar proposições. Esta arena em que se constroem fatos abarca não apenas imunologistas, virologistas, biólogos moleculares, epidemiólogos, médicos e autoridades do sistema de saúde, mas também outros tipos de especialista, além

dos meios de comunicação e das companhias farmacêuticas e de biotecnologia; abarca também um poderoso e internamente diferenciado movimento de ativistas junto com vários órgãos de comunicação alternativa, que inclui as publicações de ativistas e a imprensa *gay*. Crenças sobre a segurança e eficácia de determinados regimes terapêuticos e informações sobre que práticas de investigação clínica geram resultados úteis são o produto de um elaborado, às vezes tenso e, de certo modo bastante peculiar, complexo de interações entre os diversos participantes.[19]

Resulta evidente que algumas das fórmulas de Epstein ressoam no trabalho de Hirschhorn: "uma vasta e esclarecida arena de perímetro poroso e difuso" e não um laboratório é o local característico deste tipo de investigação: uma "coleção eclética de atores" e não simplesmente a comunidade científica é quem a conduz; um "complexo de interações bastante peculiar entre diversos participantes" é a forma de sociedade que se desenvolve nesse espaço. Essa diversidade, no caso da investigação sobre aids, não foi um resultado espontâneo: tratou-se de uma conquista de movimentos ativistas dedicados a "impulsionar seus próprios objetivos estratégicos no contexto da ciência, colaborando na construção de novas relações e identidades sociais, novas instituições, e novos fatos e crenças formados"[20]. No decorrer

---

19. Steven Epstein, "The Construction of Lay Expertise: AIDS Activism and the Forging of Credibility in the Reform of Clinical Trials", *Science, Technology & Human Values*, v. 20, nº 4, outono de 1995, p. 409.

20. Ibid., p. 409.

desse processo tornou-se evidente para os participantes, segundo Epstein, que era impossível avançar na busca de tratamentos aceitáveis sem "juntar argumentos metodológicos (ou epistemológicos) e argumentos morais (ou políticos)"[21]. Assim acontecia, por exemplo, quando se demandava que os tratamentos experimentais fossem distribuídos equitativamente entre os diferentes grupos afetados pela epidemia, demanda baseada na defesa do "direito do ser humano de assumir os riscos inerentes ao teste de terapias de benefício incerto"[22]. Mas nisso os interesses dos militantes coincidiam com os interesses da comunidade científica, para a qual o progresso da investigação dependia da possibilidade de realizar experimentos em grandes populações durante períodos prolongados. Tanto da perspectiva dos historiadores quanto da comunidade médica e dos pacientes, o progresso na investigação dependia da possibilidade de compor um coletivo. O desafio para esse coletivo era alcançar um alto nível de precisão na investigação, em condições muito diferentes daquelas da investigação padrão em epidemiologia, que se realiza no contexto controlado de um laboratório, em lugar do intrincado entorno do mundo externo. Em outras palavras, a investigação devia ser realizada de maneira tal que o que Epstein chama de "ciência desprolixa" conseguisse resultados que não estavam ao alcance da "ciência limpa".

Esse tipo de processo é o que Callon *et al.* creem que se diferencia de modo dominante do desenvolvimento da ciência moderna. Mas qual foi esse modo dominante? Callon *et al.*

---

21. Ibid., p. 420.
22. Ibid., p. 421.

adotam a descrição desse processo que Christian Licoppe propunha em seu livro *La Formation de la pratique scientifique*[23]. Segundo Licoppe, a forma canônica de praticar a ciência em condições modernas se constituiu mediante uma série de passos. O primeiro passo, a primeira diferenciação com respeito à concepção aristotélica do conhecimento que havia dominado a ciência medieval era a composição da figura do experimento, ou seja, do fenômeno que se produz em condições controladas, com o objetivo de demonstrar verdades gerais. Abordar o mundo a partir da ideia de que se pode obter uma verdade geral, realizando experimentos, implica abordá-lo como um terreno problemático. Essa é a disposição básica com relação ao mundo desse personagem que não havia feito ato de presença até então na cena da investigação sistemática: o cientista, um tipo subjetivo que a rigor não poderia existir sem que o criasse a forma social da comunidade científica, que é a comunidade que valida os experimentos cujos resultados são expressos em linguagens especializadas. O terceiro momento é a constituição de um tipo de espaço: o laboratório como local onde os fenômenos se produzem no isolamento. Uma vez que esses três momentos se desenvolveram (até finais do século XVIII), uma forma diferenciada de ciência emergiu. Essa é a forma que os autores denominam de "ciência confinada". Sua operação básica é reconfigurar fragmentos do mundo em condições rigidamente controladas, estabelecer linguagens que permitam a constituição de comunidades especializadas, e conceber sua produção principal como a elaboração de tecnolo-

---

23. Christian Licoppe, *La Formation de la pratique scientifique. Le discours de l'expérience en France et en Angleterre*, 1630-1820, Paris, La Découverte, 1996.

gias cuja validez devesse ser aceita pelas populações às quais se dirigem.

Esse processo de profissionalização progressiva da ciência (a elaboração de espaços específicos para o desenvolvimento de uma forma de prática que supõe abordar o mundo comum a partir de uma perspectiva disciplinar particular, a constituição de vocabulários e sistemas de valores que permitem ao mesmo tempo a formação de comunidades e tipos de sujeito, o estabelecimento de um limite relativamente bem definido entre especialistas e não especialistas) forma a lógica organizativa dominante da modernidade euro-americana. Suponho ser fácil ver de que maneira esse desenvolvimento é paralelo ao da forma de prática dominante no contexto da arte elevada de linhagem europeia, no qual, a partir do século XVI, de maneira cada vez mais decidida, o local canônico de operações seria o estúdio, um âmbito normalmente separado do espaço onde se vive e do espaço onde se expõe, que por isso podia se converter na cena em que montava um maquinário sociotécnico específico. Ali se produzia agora certo tipo de objeto: a obra de arte única, a composição cuja origem pode se remontar a uma fonte definida, associada a um ponto de subjetividade, localizado no artista. Esse processo determinava, por outro lado, o surgimento de novas formas de discurso (o discurso do crítico, por exemplo, o *connoisseur* capaz de estar familiarizado ao mesmo tempo com discursos especializados e com circunstâncias sócio-históricas, e cujos critérios deviam ajudar os espectadores a se concentrarem nos aspectos específicos da obra) e de instituições (o museu, a galeria de arte, inclusive algumas arquiteturas domésticas) que favorecem certo tipo de observação.

Esse processo é muito conhecido. Chamemo-lo (parafraseando Callon *et al.*) de "arte confinada". Nessa linha genealógica emergiu a noção de autonomia que seria característica da linhagem europeia. Esse é o sistema com o qual as vanguardas pretendiam irromper, embora usualmente o fizessem em nome de valores constituídos no contexto desse sistema. Não vale a pena enumerar aqui as variedades de atos e atitudes que esse desejo de ruptura provocou. Desejo apenas sugerir que a maneira em que Hirschhorn concebe a relação entre o tipo de cena ou mecanismo que era o *Museu precário* e os processos que têm lugar na "instituição da arte autônoma" é análoga à maneira em que os autores de *Agir dans un monde incertain* concebem a relação entre os "foros híbridos" e os "laboratórios confinados".

Os "laboratórios ao ar livre" e os "foros híbridos" não são simplesmente (ou, melhor dizendo, não são em absoluto) atos de rebelião contra a ciência confinada, mas extensões e complicações que emergem em relação a problemas nos quais sua prática é considerada insuficiente. Os participantes de um foro híbrido pretendem não tanto eliminar a diferença entre a comunidade dos especialistas e a dos não especialistas, mas "atenuar as fronteiras e estabelecer transições entre os mundos de uns e de outros"[24]. No contexto dos foros híbridos, o que se produz é uma colaboração necessária entre os dois modos de investigação durante um processo de experimentação coletiva. Por isso, Callon *et al.* indicam o seguinte:

---

24. Michel Callon, Pierre Lascoumes e Yannick Barthe, *Agir dans un monde incertain. Essai sur la démocratie technique*, Paris, Seuil, 2001, p. 137.

> A articulação de duas formas de investigação possibilita combinar as vantagens de cada uma e compensar suas fragilidades. A investigação em espaços abertos aporta uma força formidável, a do coletivo – que pode ser que esteja em curso de constituição – que se identifica com os problemas e é extraordinariamente ativo pondo em prática as soluções. A investigação confinada aporta seu poder: o desvio que organiza abre o campo para manipulações e traduções cada vez mais improváveis. Desse modo, permite uma classe mais complexa de reconfigurações do coletivo. Em outras palavras, a investigação especializada é vascularizada pela investigação profana. Ou inclusive: o coletivo de investigação, sem deixar de existir, se funde permanentemente no mundo do qual emerge.[25]

A meu ver, foi algo parecido com isso que Hirschhorn esteve tentando fazer durante anos: estabelecer arquiteturas nas quais formas complexas de articulação entre as ações de especialistas e não especialistas se desenvolvam durante longos períodos; arquiteturas que alojem vários regimes de produção, de recepção, de comentário, nas quais tenha lugar um processo no qual, graças à "vascularização" das ações de artistas, escritores e acadêmicos por parte de um número elevado de não especialistas presentes no local, o coletivo sempre em formação "submerja permanentemente no mundo do qual emerge". Nos melhores casos, o desvio das ações daqueles presentes em um local social "abre o

---

25. Ibid., p. 150.

campo para manipulações e traduções cada vez mais improváveis". Porque o improvável ("com o *Museu precário*, queria estar tão próximo quanto possível do incompreensível e do incomensurável [...]") é aquilo que os artistas comumente desejam. O desejo do improvável é o que subjaz aos antecedentes que Hirschhorn, em geral, invoca. Por exemplo, o Warhol da época da Factory, que poderíamos entender como uma máquina para a produção de objetos e experiências por parte de um coletivo fluido, mas secretamente estruturado. Ou o Beuys do *Bureau for Direct Democracy*. Ou onde o foco do trabalho de um artista estabelecesse uma situação na qual "os problemas são formulados desde o princípio no diálogo de um vasto número de atores diferentes com diferentes perspectivas", e "o contexto é estabelecido por um processo de comunicação entre vários interessados", como disse Marianne Nowotny falando de um "modo 2 de produção de conhecimentos".

Mas existe algum problema que esses projetos queiram resolver? Qual é? Nenhum que possa ser definido antes da instrumentação do projeto. Precisamente a aspiração de conceber um processo artístico como a solução de um problema que poderia ter sido identificado antes de começar (quer o problema pertença à vida das formas ou à das comunidades) é a aspiração própria das maneiras de operar a respeito das quais Hirschhorn queria se diferenciar. O artista, da sua suposta perspectiva, não é o operador desinteressado de desenvolvimentos que o precedem, mas alguém que afirma interesses necessariamente opacos. Um desses interesses é identificado muito explicitamente por Hirschhorn. Ele pensa que a maneira mais usual de pôr em circulação as obras de arte as torna capazes de suscitar interesse ou provocar prazer, mas não de induzir o fanatismo. O universo da arte contemporânea funciona em um regime de baixa energia. As obras de arte são conservadas em condições em que o seu poder de irradiação se mantém mais próximo de zero do que seria desejável; Hirschhorn, por sua vez, queria expô-las à possibilidade de que induzissem o tipo de energia que pode ser encontrada em estádios de futebol ou concertos de rock. Considera que isso não é o que acontece nas formas mais comuns de mobilização da arte no contexto do trabalho social. Tampouco o é no caso dos artistas que se propõem a abordar os problemas de uma comunidade à qual permanecem fatalmente estranhos e que, no melhor dos casos, entendem pela metade.

Se há uma possibilidade de induzir esse tipo de energia, pensa Hirschhorn, ela depende da nossa capacidade de colocar alguns objetos no meio (como chamamos de "meio ambiente") de processos de aprendizagem. O *Museu*, como o restante dos projetos de Hirschhorn da última década, era dirigido principalmente a indivíduos que ele concebia como criaturas dominadas pela curiosidade e associadas em comunidades que são entornos que modulam permanentes e incessantes aprendizagens ("experiências", no sentido que dá à palavra, como antes o citava, Robert Brandom). O modelo de sujeito que subjaz aos projetos de Hirschhorn é o de um sujeito no qual a percepção, o pensamento e a ação estão interanimados como também, espera ele, se interanimem as partes nesses espaços onde a arte especializada (o que os artistas e escritores profissionais produzem) é vascularizada pela arte profana (a multiplicidade de atos expressivos com componentes estéticos não executados por profissionais). Nem a fidelidade perfeita à tradição da "arte confinada" nem seu simples abandono: essa frágil posição, parecia-me então (ainda me parece), está na origem dos projetos mais intrigantes destes anos. Ainda não compreendemos, em considerável medida, a lógica dessa posição.

UMA ÓPERA DE ANJOS DA GUARDA

1

Quando tento identificar, entre as óperas que conheço, quais David Lurie poderia ter admirado à sua maneira melancólica, penso nas obras de Robert Ashley[1]. Recordemos a trajetória do empreendimento que *Desonra* reconstruía. Ali onde o compositor aficionado, antes da declaração da desonra, havia decidido compor uma ópera que descrevesse a relação erótica entre uma jovem italiana e o poeta que encarna, como nenhum outro, aquela figura que o romantismo definia (o artista como o homem do limite, aquele que alcança as regiões mais remotas da experiência humana); agora, quando seu mundo se fecha, se consagra, sem temor nem esperança, a realizar uma ópera que pondere e celebre as formas da compaixão e do cuidado. Onde havia uma jovem italiana no auge da juventude, há agora uma mulher

---
1. E, às vezes, também nas do italiano Salvatore Sciarrino (*Luci mie traditrici*, por exemplo).

madura que, desencantada, em sua maturidade mantém como pode seu pai vivo e assiste ao fantasma daquele poeta que quisera não ter de se retirar do domínio dos vivos. Onde havia uma ópera das vozes plenas e das cordas desencadeadas no arrebatamento de um teatro ou de uma sala de concertos há agora (nunca deixará de se conformar) uma ópera de sussurros, as notas do banjo e talvez o latido de um cão, como soa em uma aldeia da África do Sul.

Recordemos isso e digamos que Robert Ashley é norte-americano e nasceu em 1930. Suas primeiras composições importantes são do início da década de 1960. O traço característico de seu trabalho, já naquela época, era seu interesse quase exclusivo pelo teatro musical (desses anos datam peças como *That Morning Thing* e *In Memoriam... Kit Carson*). As obras dessa época (das quais muito poucas foram gravadas) não parecerão estranhas àqueles que estejam familiarizados com o universo sonoro da música de concerto que se produzia nos Estados Unidos até meados do século passado. O que resultará surpreendente a esses mesmos ouvintes é a repentina *Music with Roots in the Aether*, uma ópera/documentário (a expressão é de Ashley) sobre sete compositores do país, destinada à televisão, onde ainda é exibida em canais públicos, em horários em geral inusitados. Mas o grande avanço e o grande recomeço, a inauguração de uma sequência de três décadas que é um dos ciclos fundamentais da música contemporânea, é outra ópera para televisão chamada *Perfect Lives*, realizada em 1980, na qual uma série de personagens, em uma cidade pequena, semirrural, anônima, realiza operações por vezes erráticas em torno do projeto criminoso-filosófico de roubar um milhão de dólares de um banco, só por um dia. A peça nunca foi encenada: existe somente em vídeo. Ashley, mais tarde, dirá o que já pensava em 1980: "a TV seria para mim a audiência ideal. Pensei nisso durante 25 anos. A TV com som de alta qualidade realmente seria a audiência ideal para minha música, pela intimidade e porque na televisão se pode ir não sei quantas vezes mais rápido do que no palco". E, no entanto, a maior parte da sua obra posterior, talvez por razões estritamente práticas, foi composta para o palco: *Atalanta (Acts of God)*, a tetralogia *Now Eleanor's Idea* e uma série recente de peças de teatro musical acerca das peculiaridades da velhice (em particular da velhice do compositor): *Dust, Foreign Experiences, Concrete*. Das peças de Ashley, essa foi a última a que assisti. Por isso, para poderem ter uma ideia de que tipo de coisa esse compositor agora ancião se propõe a fazer, vou me deter nela.

O concreto mencionado no título é o material de que são feitas nossas cidades, mas a palavra também se refere ao que temos diante dos olhos, o que se apresenta aos nossos sentidos, o que conforma nossa experiência em cada um dos minuciosos presentes que habitamos. Por uma de suas caras, as frases conotam a detenção, a paralisia, inclusive o confinamento; pela outra, a atenção às minúcias, àquilo que se destaca no desfile das aparições que compõem o teatro de nossos dias mais banais. Pode ser que tenhamos ponderado o jogo desses sentidos enquanto esperamos que a ópera comece, sentados em uma tribuna de tábuas, em um vasto e gélido salão de uma velha escola convertida em lugar de *performances*. Desde que chegamos aqui, escutamos uma faixa sonora imprecisa, um desprendimento de sons eletrônicos apenas perceptíveis. Fez-se o silêncio e a escuridão; o volume da faixa sonora aumentou gradualmente; foram acesos diante de nós os refletores do espaço do palco. Vemos uma enorme mesa em forma de ferradura irregular que está coberta de feltro verde. É uma mesa de jogo de cartas. Sentados a intervalos regulares estão os quatro cantores que logo nos deixarão adivinhar que são diferentes aspectos, encarnações momentâneas de certo indivíduo, mediadores que nos apresentarão uma série de recordações provenientes de quem sabe que depósito de trastes na mente de um velho. O velho, por sua vez, está sentado mais adiante: é Robert Ashley, no fundo da cena, em uma cadeira dobrável, iluminado ocasionalmente por uma lâmpada fraca. Há décadas, há um quarto de século, desde *Perfect Lives*, Ashley esteve trabalhando com um quarteto constante de cantores. Esses cantores são Jacqueline Humphreys, Thomas Buckner, Joan La Barbara e Sam Ashley. O próprio compositor disse que chegou a ver esse grupo como uma espécie de banda de jazz. De nossa parte, temos de dizer que esse quarteto é uma das grandes formações da música moderna, como o Velvet Underground até finais dos anos 1960, as bandas de Miles Davis na primeira metade da década seguinte, o quarteto Arditti dos últimos anos. No começo, os quatro estão sós no palco, quase sem a nossa presença, sob a luz virtual, sem companhia. Têm enormes cartas de baralho nas mãos.

A faixa sonora se intensificou e agora podemos escutar a série contínua de sons eletrônicos em que consiste, os *clusters* de bulbos, borbotões de sons que se associam em uma corrente que é menos comparável à água transparente daqueles arroios que costumavam nos oferecer excelentes metáforas, do que aos líquidos opacos que escorrem em nossas sarjetas. Às vezes, baixos hidráulicos, profundos, vêm a cair sobre essa corrente e a partem ou deixam-na intacta. O volume é muito flexível: às vezes se afina e parece estar prestes a se dissipar; outras vezes se adensa, se junta, se entrelaça; é menos um acompanhamento que um obstáculo. Às vezes parece que essa faixa sonora segue os cantores; outras vezes, que os antecipa, os inquieta, os constrange. Assim interagem os cantores com o próprio Robert Ashley, enquanto na parte posterior da sala, diante de um console, um técnico emprega um *software* que lhe permite compor, no mesmo instante, configurações sonoras que realiza a partir de materiais pré-gravados, além daqueles que recebe do palco.

A estrutura da peça é muito simples. No começo, os quatro cantores, sentados em suas cadeiras (a roupa é incongruente e diz pouco), trocam frases que, juntas, compõem algo assim como um diálogo interior: discutem os costumes do indivíduo impreciso do qual eles mesmos são partes, aspectos ou facetas; perguntam-se pela sabedoria ou necessidade de estarem fazendo o que fazem; quebram a cabeça entre todos e param. Quando se detêm, às vezes começa uma litania emitida por aquele velho, ali atrás, que lê os apontamentos que fez para nos contar esta noite suas histórias. Sua voz é tão fraca e alquebrada que parece, por momentos, que seria incapaz de recolher o que colocou em seus apontamentos. Outras vezes, um dos cantores se levanta e se dirige à frente do palco. Nos quinze ou vinte minutos seguintes desenvolverá seu solo. O solo é uma história que executa. A primeira história é a história de uma mulher que foi, em fases sucessivas, golfista, proprietária de uma loja, traficante viciada em drogas, esposa no Havaí de um homem com o qual tem um barco que se destina à pesca e que desaparece em uma noite de tempestade. O narrador a vê em intervalos, quando ela visita Nova York. O tempo passa e entre eles se aprofunda o segredo. Que segredo? Não sabem. Nós também não o sabemos. Mas há um segredo entre eles, mesmo que não seja outra coisa senão uma atmosfera que, seja por que razão for, quando se encontram os envolve. A mulher foi viver em uma ilha remota; a noite das desaparições, as imagens dessa noite permanecem com ela. O solo, sem ênfase, termina.

Mas por que dizemos que é um solo? Porque o faz a cantora, contando essa história; é o tipo de coisa que faz um músico quando realiza um solo: a partir de um esquema tonal, improvisa. A cantora que interpreta a história da mulher improvisa breves melodias sobre o texto, cantarola, canta a meia voz, resmunga melodicamente enquanto o fundo eletrônico cede e se retira. Quem escreve narrações sabe que enquanto o faz, intui, adivinha, sente a cadeia dos acontecimentos como um corpo impreciso que vive no futuro mais próximo, no instante seguinte ao que agora se apresenta, apequenando-se no tempo dividido. E aqui, no teatro de Ashley, algo assim acontece com os ouvintes: temos, por momentos, a sensação física de sermos pressionados pela linha narrativa, que se agita em seu domínio transparente. Como peças como *Concrete* conseguem fazer isso, podemos dizer que não há nada mais poderoso que o teatro musical, quando ele funciona.

O segundo dos relatos é o de um companheiro de uma banda do exército que, ao mesmo tempo, era um jogador de cartas, um impostor, um trapaceiro e, por isso, um homem em perigo, embora ninguém o saiba, com exceção do narrador, que detém também esse segredo. E que possui o segredo do personagem do terceiro solo, que é um apostador em corridas de cavalos. E terá passado, a essa altura, mais da metade da peça, a atmosfera na sala é de concentração aumentada, e agora retemos, do que fazem os cantores, até o menor estalido da língua. O quarto personagem é um amigo mais jovem do velho, a quem este sobrevive: seu amigo morreu de câncer, no Arizona, na hora exata em que, no outro extremo do planeta, em Roma, Itália, parece ao velho que algo ou alguém o visita no meio da noite. Quando isso acontece, não nos surpreende. É que desde o início do relato inicial intuímos primeiro, e depois compreendemos, que talvez esses quatro personagens, os dois jogadores, o morto, a mulher distante, são anjos da guarda, embora não o saibam. Os textos nos sugeriram a possibilidade de que a trama tecida entre os humanos seja de cuidados que nunca se declaram, porque não poderiam declarar-se já que ninguém os conhece, e que a vida entre nós se mantém e adquire sua forma peculiar porque uns cuidamos dos outros, na escuridão geral de um mundo onde todos, em segredo, somos anjos da guarda.

Na trilogia que compõem *Dust*, *Celestial Excursions* e *Concrete*, os solos da palavra quase falada, minimamente configurada, emergem o tempo todo e voltam a se fundir em fragmentos de emissão coletiva em que as linhas se superpõem de maneira que as cadeias narrativas se fundem em uma bruma de linguagem. É de alguma maneira natural que essas vozes sejam as de homens e mulheres reclusos em casas de repouso ou sentados nos parques onde passam os dias. Ashley afirma que "os velhos são interessantes porque não têm futuro" e porque "são obrigados, como seres humanos, a produzir sons e a falar, quer alguém os escute ou não"[2]. É possível, na verdade, que ninguém os escute porque para eles se dissolveram as formas anteriores da sociedade, de modo que o que organizam, nos âmbitos em que passam seu tempo, são associações de cuidado mútuo. Pode ser que não haja nada em comum entre eles; o território que chegam a habitar se compõe da coordenação progressiva de suas emissões, como os cantores coordenam, nessa sala, as partes que lhes tocaram, sobre o fundo de sons quase sem perfil nem presença, girando em torno dessa voz, a do próprio Ashley, de uma tenuidade impossível, de ruídos de interior ou de banjos.

O final da ópera é esplêndido. O diálogo interior, repartido nas vozes dos quatro cantores, se concentra em uma história inconcludente. A história diz que há anos o velho foi à Turquia com sua esposa. Na Turquia compraram um tapete. Dos muitos tapetes que há em sua casa de Nova York, o velho só gosta de um: o tapete turco, que vê como uma materialização do desejo de sua esposa. O tapete está no quarto. Um dia, a luz cai sobre o tapete em um ângulo particular. Graças a essa luz, parece que o desenho do tapete vai flutuar. Que o próprio tapete vai flutuar. Que era um tapete mágico. A faixa sonora é um tecido de partes tonais impossíveis de

---

2. Citado em: Alex Waterman, "Hearing Voices", *Artforum International*, vol. 47, nº 8, abril de 2009, p. 71.

discernir. A visão do tapete suspenso no centro do quarto é um objeto virtual que passa de uma voz a outra voz. Os quatro cantores se vinculam entre si como nenhum de nós se vinculará nunca, a não ser no sonho ou no transe. Não são quatro nem são um. O curso das narrações se dirige a um mesmo ponto. "The old man lives in concrete": essa é a última frase da obra, uma hora e quarenta minutos depois de ter sido a primeira.

2

A obra recente de Robert Ashley se aproxima, por um lado, da que J. M. Coetzee gostaria de conceber e, por outro, das improvisações de Keith Rowe ou Toshimaru Nakamura (e, por sua mediação, dos livros de Mario Levrero). De que maneira? Para explicar-me, permitam-me um rápido rodeio. Ao ler o elogio que Rose realizava de algumas gravações da AMM ("Algumas delas são impenetráveis. E essa é sua grandeza. 'A cripta'. A inapreensibilidade de 'A cripta' faz dela uma das gravações mais importantes não só da AMM, mas desse período. [...] A gravação capta o quarto perfeitamente; é uma gravação de gente fazendo música nesse quarto"), pensei em certa peça de outro artista inglês, Steven Stapleton, único membro de uma unidade musical chamada Nurse with Wound. Nurse with Wound esteve publicando gravações desde fins dos anos 1970. Digo *gravações*: pelo que sei, Stapleton raramente dá concertos: das formas de praticar a arte do som, a execução ao vivo não é a que prefere. As peças de Nurse with Wound são, em quase todos os casos, montagens realizadas em estúdios, com materiais extraídos de indecifráveis coleções e entalhados em arquiteturas de perfis indecisos: por isso Stapleton insiste em que o seu trabalho (que se iniciou sob o signo da devoção pelo *Krautrock*, o rock alemão dos anos entre fins dos 1960 e meados dos 1970) deriva das proposições do surrealismo. A maior parte dessas montagens (*Soliloquy for Lilith*, de 1988, é um bom lugar por onde começar; a posterior *Funeral Music for Pérez Prado*, me parece, é um bom lugar de onde seguir; *Salt Marie Celeste*, sobre certo barco fantasma, o Mary Celeste, que flutuava em dezembro de 1872 no Oceano Atlântico, sem passageiros nem tripulação, ainda encaminhado para o Estreito de Gibraltar, talvez seja a mais imediatamente atrativa de suas produções) foi realizada durante décadas em uma granja dedicada à criação de cabras em County Clare, na Irlanda. Mas a cena da gravação que me interessa, a que inclui a peça em que pensava, tem lugar na cidade. A peça se chama *A Missing Sense*. Impresso em sua superfície, o disco nos propõe esta explicação do que logo teremos escutado:

> *A Missing Sense* foi concebido originalmente como uma fita privada para acompanhar meu consumo de LSD. Quando eu estava nesse estado particular, *Automatic Writing*, de Robert Ashley, era a única música que eu podia experienciar sem me sentir claustrofóbico e paranoico. Nós a tocávamos interminavelmente; parecia se converter em parte do apartamento, fundindo-se perfeitamente com a atmosfera da cidade à noite e com a

"respiração" do edifício. Decidi fazer minha própria versão usando a estrutura básica da obra-prima de Ashley, mas tornando-a mais pessoal, agregando sons que podia escutar à minha volta. A gravação deve ser reproduzida em um volume muito baixo.³

Na verdade, o volume do nosso equipamento de reprodução deve ser muito baixo para que a peça não capte uma figura completamente diferenciada do lugar em que chegamos a escutá-la. Como esse disco do Nurse with Wound é parte de uma constelação imprecisa de indivíduos e bandas (Current 93, Throbbing Gristle, Coil) que professaram ou professam um interesse pelas tradições ocultistas, a música tem algo de remotamente gótico. Ao ouvi-la, não escutamos melodias. Um órgão que é quase um acordeão toca acordes extensos que parecem o resultado das ações de alguém que entrou em uma igreja e experimenta combinações de teclas e claves. Um tambor profundo e seco produz lentas e abafadas batidas. Uma voz sussurra frases que talvez alguém que não seja eu possa entender. Há um som recorrente que se assemelha ao da água quente que começa a atravessar os encanamentos em direção a um radiador. Há repentinas descargas de sintetizadores. Há algo como um motor que começa a esquentar, e o que seria um telefone, se os telefones fossem capazes de soar como soam as sinetas que acompanham as meditações. Há música de dança que nos parece provir de outro quarto. Há inclusive um cão. O efeito geral poderia ser, por causa dos elementos que Steven Stapleton

---

3. Nurse with Wound, *A Missing Sense*, World Serpent, s/f.

emprega, de ansiedade e ameaça, mas é, ao contrário, particularmente em um volume muito baixo, pacífico (isso é natural: afinal, seu principal objetivo é se converter em parte de um dispositivo destinado a acompanhar a execução de exercícios mentais de grande delicadeza).

O efeito global certamente se parece com o de *Automatic Writing*, obra que Ashley realizou em 1979, ao mesmo tempo em que iniciava seu grande ciclo de óperas. A história por trás dessa peça está apresentada no folheto que acompanha a gravação. Robert Ashley (segundo ele mesmo) sofria (e sofre, suponho eu) de uma variante leve da síndrome de Tourette, um mal neuropsiquiátrico hereditário cujos sintomas mais importantes são os tiques motores e sonoros, frases ditas fora de lugar, às vezes obscenas, uma fala involuntária que parece às vezes ao compositor que seria uma forma primitiva de composição: ao pronunciar essas frases ele notava "uma urgência conectada com a produção de som e a sensação inevitável de que tentava 'fazer algo bem'". Nessa contínua construção em que, contra si mesmo, se comprometia, nessa execução desenvolvida em sobressaltos e descontinuidades, as frases eram sempre as mesmas e se apresentavam como módulos de uma composição talvez em curso ou restos flutuantes de uma composição abandonada. Por isso mesmo, se ofereciam como módulos que poderiam se converter em unidades de uma composição nova. A gênese da peça é assim explicada por Ashley:

> Durante a época em que compunha *Automatic Writing* estava profundamente deprimido porque, entre outras coisas, o mundo não estava interessado no tipo

de música em que eu estava interessado. Estava sem trabalho, de maneira que decidi "executar" uma fala involuntária. As *performances* resultaram, de uma maneira ou de outra, em fracassos, porque a diferença entre a fala involuntária e outros tipos de comportamento admitido é demasiado grande para que possa ser superada voluntariamente, de modo que as *performances* foram sobretudo imitações da fala involuntária, acompanhadas de alguns momentos de "perda de controle". Esses momentos, que eram triunfos para mim, estão documentados em outros lugares, em rumores e em declarações legais contra o meu comportamento no palco. É comum, por exemplo, as pessoas acharem que a fala involuntária é um sinal de bebedeira.[4]

Bebedeira, na verdade, como a que observamos em pessoas que, se encontramos na rua, tentamos evitar. Ashley prossegue: "Passei anos trabalhando sobre a minha consciência para reconciliar o executante – legal e bem pago – com o tipo de pessoa que se evita na rua. O melhor que consegui fazer foi uma gravação secreta, mas ainda assim uma *performance*. A gravação documenta quarenta e oito minutos de fala involuntária. Resultou tão estruturada (para falar no léxico da análise musical) como a maior parte da música que estudei". O corolário é o seguinte: "não confiem na música não planejada, que sempre parece que foi planejada, mas planejada por alguém que se tentaria evitar se o encontrasse na rua". A apresentação da peça é concluída deste modo:

---
4. Robert Ashley, *Automatic Writing*, Lovely Music, 1996.

Como eu era essa pessoa que se trata de evitar, a adotei como um personagem que merece simpatia, e assim *Automatic Writing* se converteu, na minha imaginação, em uma espécie de ópera. Comecei a procurar os outros personagens para a ópera. O "quaternário" que era característico do texto da fala involuntária que eu havia gravado (texto que transcrevi fielmente quando superei o choque de escutá-lo em minha própria voz), e que dominava a forma musical, também chegou a dominar a escolha e o número dos personagens. Soube que tinha de haver quatro e que eu perceberia sua aparição, quando acontecesse. Terminarei esta longa história dizendo que os outros três personagens (as articulações do sintetizador Moog, a voz da tradução para o francês e as harmonias de órgão no fundo) foram, para minha surpresa, tão "incontrolados", cada um à sua maneira, como o texto da fala involuntária. E foi assim que reconheci quem eram e por que haviam vindo a esta festa.

O resultado das manobras do compositor desocupado é uma coleção mais heterogênea de componentes sonoros cuja soma, ao escutá-la, nos faz crer que assistimos uma cena secreta ou criptografada. Uma voz abertamente frágil, inclusive lastimosa (eu acrescentaria: deprimida), murmura frases sobre tudo e nada, superficiais e ao mesmo tempo misteriosas, que são duplicadas por um sussurro dotado de certa autoridade, cuja relação com a outra voz (pensemos, outra vez, na condessa Guicciardi e lord Byron) é de acompanhamento e, dir-se-ia, de sustentação. A primeira voz fala em inglês; as linhas que emite são modificadas por não sabemos que artefatos e viajam de um canal a outro do aparelho estéreo ou dos fones de ouvido. Não é uma voz plena que se precipita e se projeta em vogais abertas, e sim uma voz consonante, dolorosa, mas consolada por aquela outra que, em outra língua, e apresentada com toda nitidez, segue e pacifica o acidente de suas emissões. No fundo das duas espreitam vagas harmonias de órgão que remetem a execuções fantasmais. Os outros elementos do conjunto são os sons do sintetizador Moog, que aqui não se desenvolve à vista na cena, onde, ainda naquela época, era o troféu e o suporte das escalas dos tecladistas do já aborrecido rock progressivo, mas, por assim dizer, ao rés do chão: seu som, como na peça de Stapleton, é o de sequências que se arrastam ou encanamentos que ressoam pela passagem da água ou do vapor. Trata-se de sons de interior que constituem a vacilante plataforma de um discurso sem foco, sem centro, mas muito obviamente pessoal: esse que escutamos é o compositor, que diríamos que fala para si mesmo, não soubéssemos que as frases que emite são involuntárias, as produções de um circuito que une o cérebro e a boca fora de todo controle central.

Temos que pensar que de *Automatic Writing* a *Concrete* há um contínuo, que as duas peças, apesar de suas notórias diferenças, se encadeiam, são momentos sucessivos de um programa. Mas qual poderia ser esse programa? Que problemas Ashley se propõe a resolver? Que reações quer suscitar? É possível encontrar os indícios de uma resposta para essas questões em uma conferência que o compositor proferiu há alguns anos. A conferência tem o título de "O futuro da música"[5]. Qual música? Da música composta ou executada

---

5. O texto original está disponível em: <http://www.robertashley.org>.

por "indivíduos isolados por um 'momento de variedade' da música comercial", por "indivíduos retraídos da música comercial", ocupados na exploração da estranheza e dominados, ao mesmo tempo, por certa nostalgia. Que nostalgia? A nostalgia por "um passado em que a música tinha um poderoso sentido político e a mudança musical significava algum tipo de mudança política". Essa ideia havia sido concebida na Europa. Ela havia guiado a intenção da música europeia a partir de Beethoven e ainda possuía uma capacidade peculiar de engendrar convicção no momento e no lugar em que o próprio Ashley chegava à cena musical: os Estados Unidos de meados do século passado. Embora talvez, pensa o compositor, essa já não esteja vigente: "as coisas mudaram desde então. Agora ninguém crê. Mas isso não significa que a ideia tenha desaparecido. Talvez estejamos aturdidos, como nos acontece quando, depois de um choque de carboidratos, não conseguimos falar. A próxima década dirá".

Ashley não sabe que coisa concreta dirá a próxima década. Mas parece adivinhar que uma música que prefere chamar de "devocional", embora não tenha lugar nas igrejas, mas em espaços seculares, uma música que, se a escutamos, "flui através da pessoa e a transforma", uma música "mental" de um tipo novo chegará a existir. Ashley acredita que os compositores dessa música explorarão algumas possibilidades que se abriram entre finais dos anos 1960 e princípios dos 1970, nos Estados Unidos, quando alguns descobriam os poderes que residiam nos *drones*, nos sons sustentados, ao mesmo tempo que se aproximavam de inventar outros modos de colocar as palavras em música. As palavras dessa música "eram em grande medida políticas, sobre a guerra do Vietnã e mil outros protestos, mas o ponto importante é que [nesse momento] a música deixou de ser resolutamente 'estrutural' [como tendia a sê-lo a música da vanguarda musical euro-americana do pós-guerra] e começou a ser 'narrativa', como se houvesse algum tipo de 'ópera' primitiva prestes a nascer na América". Essas possibilidades, pensa Ashley, não foram verdadeiramente exploradas. Não foram exploradas, sobretudo, na música de concerto. Mas o foram, no entanto, na música popular, onde se produziram desde então duas "novidades estilísticas" que, lhe parece, estão conectadas:

> [...] uma é a que creio se chamar "música *new age*", que certamente mudou alguma coisa (e que permaneceu, curiosamente, anônima; alguém teria que prestar atenção nisso). A outra é a "música falante" afro-americana (não vou usar rótulos aqui, porque mudam o tempo todo). Esse estilo se tornou a mercadoria do momento. Em geral, suas formas são breves; ou seja, modelam-se na forma da mercadoria, que é comum na música popular. Não vejo porque tem de ser assim (exceto porque os afro-americanos em geral necessitam do dinheiro produzido por uma boa mercadoria). O breve pode ser poderoso. Mas tem de existir por contar histórias mais longas da comunidade afro-americana.

Duas inovações se produziram, então, na música popular dos últimos anos: a "música falante" (o *hip-hop*) e a "música ambiental" que escutamos nos espaços de transição das cidades, em elevadores, em escritórios, em consultórios, em transportes diversos. As duas são reencarnações que ignoram advir do mais avançado da música experimental norte-americana de finais dos anos 1960. Essas duas inovações são as que Ashley recupera e leva ao extremo nas peças que vem compondo desde *Perfect Lives*, das quais *Automatic Writing* dá uma versão radical, e que na trilogia da qual o terceiro painel é *Concrete* atingem algo assim como seu clímax. Como acontece na "música ambiental", essas peças renunciam ao recurso do contraponto, ou seja, à "técnica musical em que vários instrumentos tocam juntos, cada um deles tentando fazer sentido e evitar colidir com os outros", técnica que Ashley acha que "está em vias de terminar morta como um prego em uma porta". Mas "a programação em computador sugere existir a possibilidade de uma música 'inteira' (no sentido em que o fígado é um órgão humano 'inteiro', que não tem 'partes') em que as causas e os efeitos são demasiado complicados para que possam ser entendidos durante um longo tempo (que por isso demandam uma nova teoria musical), em que, diferentemente do contraponto, não tem 'linhas', e em que, diferentemente do que acontece no contraponto, nenhum elemento pode ser tirado sem derrubar todo o castelo de cartas". Essa música "inteira" é a que temos estado escutando desde que entramos na sala onde se apresenta *Concrete* (ou desde que pusemos em nosso equipamento o disco que inclui *Automatic Writing*). E a relação com a "música falante", qual é? Ashley prossegue:

> [...] aconteceu algo ultimamente que mal consigo manejar. Estou começando a imaginar um canto puro. Nada tão puro como minha voz desamparada que

envelhece, mas vários cantores reunidos em torno de uma técnica nova. Esqueçam-se das barras que separam os compassos, esqueçam-se da estrutura harmônica, exceto por umas poucas vozes que se juntam para reforçar uma ou duas linhas. E, o que é mais importante, esqueçam-se da orquestra. Não pensem em grupos corais de Gales ou em coros de igreja. Pensem em certo número de cantores, ou somente alguns poucos cantores, que afirmam politicamente o seu direito de fazer música da incoerência daquilo que lhes passa na mente, que não podem parar e que decidiram não parar. Pensem no canto. Com microfones, é claro. Mas apenas canto. O que me custa manejar é que essa imaginação sugere uma fala pura. Ou talvez uma fala impura (e não as lamentações ou algum dos outros sons vocais não verbais que as pessoas produziram por muito tempo e continuam produzindo). Sugere contos que são contados enlouquecidamente. Sugere a fala, porque a fala é necessária para contar contos.

Esse é o segundo componente da ópera nova: o primeiro é uma música cujas partes não podem ser separadas como podem fazê-lo as vozes em uma fuga, suponhamos, de Bach (o contínuo líquido de sons eletrônicos produzido pela faixa sonora de *Concrete*, os sons do Moog e do órgão distante de *Automatic Writing*); o outro é uma voz em parte involuntária que pronuncia uma fala impura (a das frases involuntárias do mal de Tourette ou as lembranças fragmentadas de um velho). Essa, há que acrescentar, é a declaração de um compositor que, ao mesmo tempo, espera que suas composições se inscrevam na genealogia daquelas outras obras que se produziam e começavam a circular em "um passado no qual a música tinha um poderoso sentido político e a mudança musical significava algum tipo de mudança política": as óperas (os dramas musicais) de Richard Wagner, suponho eu, ou inclusive as de Puccini. Segundo Ashley, compor obras como aquelas se tornou impossível, porque a arte é como é, porque a música é como é, porque a política é como é, porque os indivíduos são como são. E ele provavelmente tem razão. Porque há sempre conexão entre a maneira em que uma época concebe as possibilidades da voz e da maneira em que concebe as estruturas e os mecanismos do sujeito em sua relação com o mais vasto mundo. É isso que sugere o acadêmico norte-americano Gary Tomlinson em um excelente ensaio publicado há alguns anos com o título de *Metaphysical Song*. Essa reconstrução altamente especulativa da história da ópera correlaciona uma série de fases na história da forma com uma série de fases na configuração das relações dos indivíduos com eles mesmos, com os outros e com o mundo. Se o leitor me concede sua paciência, um breve esboço do argumento desse livro pode nos ajudar a precisar o sentido e o alcance das operações de Ashley (e, espero, de Stapleton e Rowe).

No ponto de partida da história que Tomlinson esquematiza está a ópera do Renascimento tardio, quando o universo se concebia, se seguimos (ele o faz) o Michel Foucault de *As palavras e as coisas*, como se fosse uma imensa rede de encadeamentos, um tecido de entidades vinculadas. Nesse universo, o desenvolvimento do ser do invisível para o visível era entendido como a emanação de uma potência que, nos últimos escalões de seu descenso, se extenua, como um resplendor que, ao alcançar a matéria, se dissipa, como uma claridade que se torna progressivamente vaga ao se estender ao longo das gradações de criaturas em um sistema em que a humanidade se encontra em posição intermediária. Mais precisamente, em posição de mediadora, porque os humanos possuem um espírito, entidade que a época concebia como uma substância muito tênue, um gás ou um vapor, ou às vezes como uma não substância que, no entanto, houvesse alcançado certa consistência. Acreditava-se que o espírito que habita em todos os recantos e compartimentos do indivíduo conduz até a alma, retirada no local de sua reclusão, as imagens (visuais, táteis, sonoras) dos sentidos. Ao retornar dessas paragens, anima o corpo. O espírito, o transmissor, possui uma afinidade especial com a voz e a música. Como o espírito, a música atravessa o limite entre o material e o imaterial, seja porque consegue dar forma e presença à imaterialidade do afeto, seja porque pode tocar e comover a alma. É que a voz é capaz de impactar diretamente sobre a alma, como impacta em uma superfície um projétil; mas, para fazê-lo, deve "tentar disparar sistemas de correspondência entre diferentes níveis de significação sônica e verbal"[6]. Como escreve John Stevens com respeito à música da baixa Idade Média, que em aspectos cruciais o Renascimento continua, em seu universo "a relação entre poema e melodia devia ser estreita, física e (penso que podemos inferi-lo) equivalente": as palavras e a melodia, quando a música é feita como deve ser feita, são atualizações diversas, faces paralelas de uma mesma harmonia que as regula e as

---

6. Gary Tomlinson, *Metaphysical Song: An Essay on Opera*, Princeton, NJ, Princeton University Press, 1999, p. 44.

transcende, harmonia que "existe em uma forma ideal, como uma realidade numérica que aspira a encarnar-se, por assim dizer, tanto na música como na poesia (música verbal) ou em ambas"[7]. As palavras, em seus melhores desenvolvimentos, e a música, em sua composição mais cuidada, são capazes de revelar a estrutura oculta do cosmos e pôr os indivíduos em contato com as forças que operam nas aparências e as distribuem. A baixa Idade Média, afirma Stevens, é o momento em que – no contexto de uma concepção do mundo como domínio do desenvolvimento de correspondências – se realizava uma música exclusivamente vocal que propunha uma articulação das palavras e dos sons que se baseasse na dupla atualização dos modelos transcendentes e que, mediante o desenvolvimento dessa "dupla melodia", afetasse a alma (dos executantes e dos ouvintes), para colocá-los em sintonia com a harmonia das coisas que os cercavam e se estendiam ao infinito a partir da posição em que estavam.

Mas essa concepção não poderia ser mantida mais tarde, na modernidade antecipada, em universos politicamente organizados em torno das figuras do absolutismo, quando se tendia a professar alguma das formas de uma metafísica dualista. Nesse outro universo, o território intermediário no qual o espírito, sendo metade material e metade imaterial, que assegurava uma integração imediata entre o humano e seu mundo, se desvanece: onde o espírito sensível e ativo se encontrava, há agora um abismo a um lado do

---

7. John Stevens, *Words and Music in the Middle Ages: Song, Narrative, Dance, and Drama, 1050-1350*, Cambridge e Nova York, Cambridge University Press, 1986, p. 35.

qual se encontra a matéria extensa e, ao outro, a mente inextensa. Como entre matéria e mente a relação direta é impossível, a representação se converte em um mistério, o engano é uma possibilidade latente para as consciências. Nessa constelação modificada, a voz não pode manter o pressuposto de poder e significação que era próprio da constelação renascentista, e se concebe explícita ou tacitamente – no recitativo francês, por exemplo – em termos estritamente materialistas: a música pode transmitir vibrações de corpo a corpo. Entre palavras e sons, a relação agora é de representação: as palavras expressam os estados emocionais dos indivíduos e a música explicita essa expressão seguindo o curso de palavras cantadas. Ou, às vezes, substituindo-as: esse universo pós-renascentista, universo da música representativa e expressiva, é um universo em que pela primeira vez se torna legítima como grande música aquela que até então não o era, ou seja, a música instrumental. Onde palavras e sons eram atualizações equivalentes de uma harmonia transcendente, agora a relação se descreve em termos de acompanhamento e contraponto, jogos de linhas que se estendem sobre um fundo de silêncio e que se oferecem para espectadores que se encontram em locais acondicionados para a execução: em espaços particulares na corte e depois em teatros construídos especificamente para a apresentação da música, com palcos elevados e locais de retiro para a orquestra. Ali onde "a cena do Renascimento tardio era com frequência um *luogo teatrale* móvel, provisório e impermanente, um local criado nos jardins, nas salas ou salões principescos, ou nas ruas e praças da própria cidade, para apresentações específicas" nas quais "o espaço liminar entre a audiência e os executantes não estava fixado e era permeável"[8], a modernidade antecipada separa espaços próprios para a música, objeto de observação escassa e distanciada.

Talvez fosse inevitável que um novo efeito logo se exibisse nessas cenas: Tomlinson o chama de efeito do *uncanny*, o perturbador que se manifesta no espaço familiar. É que a distinção entre o visível e o invisível será traçada, a partir do final do século XVIII, de uma maneira diferente daquela outra que a modernidade antecipada preferia: "O sujeito se determina agora, a partir do final do século XVIII, pela ambivalência de um *noumenon* [uma instância que excede o domínio da aparência] liminar, ao mesmo tempo o *terminus ante quem* do entendimento e uma objetividade transcendental que se tenta alcançar, mas que é impossível, a experiência de uma *Ding an sich* [coisa em si]"[9]. O indivíduo pode agora ver a si mesmo como o portador de uma interioridade irredutível e opaca que o impulsiona e o cancela: aquilo que está no centro de todos os saberes, o ponto em que se originam os mais recônditos desejos, resiste a toda representação. Sua modalidade é uma anárquica insistência. Por isso, quando se apresenta (no *lied* romântico, por exemplo) o faz sob a forma de uma instância de segredo que, sempre latente, ao aparecer semeia a inquietude. "Assim, o sujeito participatório do Renascimento pode se caracterizar por uma experiência de familiaridade, delimitação e comunidade; o sujeito transcendente da era moderna, pelo assombro; e o sujeito moderno, pela experiência do sinistro,

---

8. Gary Tomlinson, op. cit., p. 68.
9. Ibid., p. 78.

experiência que dobra sobre si mesma a familiaridade e o assombro."[10]

Essa exterioridade do mais íntimo interior se encontra para além do alcance das palavras: ela é capaz de se apresentar somente no lugar onde a palavra falha. Por isso uma voz nova se desenvolve: essa voz busca, como se fora seu objeto, seu fracasso. É que, no colapso das significações, a voz, em seu enlace com uma música instrumental que acompanha menos que comenta, que a coloca em discussão, que a desloca, "é impelida até o limite que separa o fenomênico e o *noumenon*, embora ocasionalmente se mova para tão longe como que para deixar pressentir o *noumenon*"[11]. A voz, nessa constelação, encontra sua natureza mais profunda quando nos parece que toca (e às vezes, impossivelmente, transpassa) o limite do mundo: nesse ponto, nos seduz e nos assusta (mas a beleza que a modernidade prefere se associa sempre ao medo).

Assim acontecia com Proust, que, em vários momentos, recorre esplendidamente a essa figura. Entre os momentos cruciais de formação que narra *Em busca do tempo perdido* [*À la recherche du temps perdu*], um particularmente crucial acontece na penúltima parte, *A prisioneira*. O narrador se apresentou, como tantas outras vezes, ao salão de Madame Verdurin, onde essa noite vai haver o concerto de uma peça que logo descobre ser um septeto póstumo do compositor Vinteuil, de quem conhecia uma sonata que havia sido objeto de seu estudo e admiração. O memorável dessa sonata era uma frase recorrente: sua aparição lhe

---
10. Ibid., p. 83.
11. Ibid., p. 92.

permite descobrir a identidade da peça que é tocada no salão de Madame Verdurin. "Mais maravilhosa que uma adolescente, a pequena frase, envolta, vestida de prata, toda úmida de sonoridades brilhantes, ligeiras e doces como echarpes, veio até mim, sob seus novos adornos. Minha alegria ao havê-la reencontrado aumentava pela intensidade que assumia para se dirigir a mim, tão amigavelmente conhecido, tão persuasivo, tão simples, não sem deixar brilhar, no entanto, essa beleza da qual resplandecia."[12] Essa aparição é agora uma chamada que se desvanece assim que é apresentada, e livra o capturado narrador de um mundo estranho:

> Enquanto a sonata se abria sobre um amanhecer campestre, deixando ver sua simplicidade leve para suspender-se ao entrelaçado ligeiro e, no entanto, consistente em um leito rústico de madressilvas sobre gerânios brancos, era sobre superfícies contínuas e planas como as do mar que, em uma manhã de tempestade, começava, em meio a um silêncio amargo, em um vazio infinito, a obra nova, e era envolto em um rosado de aurora que, para se constituir progressivamente diante de mim, esse universo desconhecido fosse extraído do silêncio e da noite. Esse vermelho tão novo, tão ausente da terna, campestre e cândida sonata tinha todo o céu, como a aurora, de uma esperança misteriosa. E um canto perfurava o ar, um canto de sete notas, mas o mais

---

12. Marcel Proust, *À la recherche du temps perdu*, Paris, Gallimard, 1954, vol. 3, p. 249; trad. cast.: *En busca del tiempo perdido*, Madri, Alianza, 1998. (N. A.) Trad. bras.: *Em busca do tempo perdido*, trad. Mario Quintana, o primeiro volume em 1948, o segundo em 1951 e os demais durante a década de 1950, Porto Alegre, Editora Globo. (N. T.)

> desconhecido, o mais diferente de tudo o que eu jamais houvera imaginado, ao mesmo tempo inefável e gritante, não já um murmúrio de pomba como na sonata, mas um rompimento do ar, tão vivo como o matiz escarlate no qual estava submergido o princípio, algo assim como um místico canto de galo, um chamado inefável porém extremamente agudo, de manhã eterna. A atmosfera fria, deslavada pela chuva, elétrica – de uma qualidade tão diferente, com pressões tão outras, em um mundo tão distante daquele virginal e povoado de vegetais, da sonata –, mudava a cada instante, cancelando a promessa púrpura da aurora.[13]

A voz surge desgarrando o plano no qual traça seu desenho. A voz não se conforma em permanecer nos limites que um costume lhe ordenou: gritante e excessivamente aguda, convoca uma manhã que está além da manhã que todos compartilhamos, manhã eterna cujo pleno advento é impossível. A voz se lança, não tanto na direção de um destino fixado, mas em busca do seu limite, que ainda desconhece, que só conhecerá quando cair. E desse modo define uma terceira figura da voz: há uma voz que queria encontrar o ponto em que o indivíduo e o mundo vibram no mesmo acorde e erigir ali sua residência: há uma voz que queria oferecer a audição das paixões tranquilas ou inquietas da alma; há, por fim, uma voz que queria tocar aquele extremo em que se formulam as promessas de um silêncio grávido que é o do interior mais remoto, o claustro onde habita o indivíduo em seu segredo. Ashley pensa, é claro, em outra coisa.

---

13. Ibid., p. 250.

3

As obras de Ashley exploram, na verdade, outras ideias da voz. E o fazem, nos diz ele, prestando atenção ao mesmo tempo à tradição da grande música de concerto e a desenvolvimentos que estão acontecendo no domínio da música popular, desenvolvimentos que sugerem maneiras de fazer música que essa tradição desconhecia. Os desenvolvimentos são dois. Um é a música "ambiental". Em que música ambiental pensa Ashley? Nas versões mais comuns, as que encontramos em salas de massagem ou em elevadores? Ou nas mais deliberadas e complexas (por exemplo, nos trabalhos de Brian Eno)? Se é esse o caso, sua proposição está afetada pela circularidade. Os primeiros praticantes da música ambiental mais intricada se formaram na admiração das posições de John Cage ou Morton Feldman, ou seja, de posições que foram formuladas pela primeira vez na região do universo da música na qual Ashley havia trabalhado desde sempre. Nessa região, desde meados do século XX eram experimentadas estratégias de composição que suscitaram disposições de escuta alternativas à mais característica da música de concerto de linhagem europeia: não a disposição daquele que se move sobre um objeto sonoro bem delimitado, esquecendo voluntariamente os sons do mundo em que cava seu espaço de audição, mas uma disposição de escuta flutuante, episódica, variável, impura.

O outro desenvolvimento é o *hip-hop*. Aqui a relação parecia menos evidente. Ou não é? Detenhamo-nos mais prolongadamente nesse ponto, ajudados por um excelente livro recente de Joseph G. Schloss. O que fazem os produtores de *hip-hop*, nos recorda Schloss, é compor *beats*, e os *beats* usualmente são feitos de segmentos muito breves de som já gravado. A prática se origina no final dos anos 1970, em festas nas quais um número reduzido de DJs descobriram ser possível compor longas sequências baseadas nos breves fragmentos que chamavam de *breaks*. Em que consistia seu método? O leitor pode pensar em qualquer peça musical: "Brown Sugar", dos Rolling Stones, por exemplo. Há certo momento nessa canção em que, por alguns meros segundos, a voz e as guitarras se calam e escutamos somente o baixista e o baterista. Esse brevíssimo segmento tem algo de anônimo: se o escutássemos sozinho, separado da faixa do disco a que pertence, não reconheceríamos nele "Brown Sugar" (ou os Rolling Stones): a identidade da canção é a de sua melodia e harmonia, como a da banda é a de seu cantor e de seu guitarrista. Esses segmentos vivíssimos e mortos são os que o primeiro *hip-hop* recupera e recompõe. Na cena original da tradição, um DJ trabalha com duas bandejas de toca-discos; se tem duas cópias de um determinado disco, pode gerar uma sequência contínua a partir do *break* e sustentá-la o tempo que for necessário para gerar uma cadeia de repetições que é, ao mesmo tempo, estática e eufórica: um interstício terá sido indefinidamente estendido ao longo de planos sustentados, e de alguma maneira circulares, sem progressão, ou seja, de *loops*.

O que inicialmente define o trabalho do produtor de *hip-hop* é que as peças com as quais constrói suas faixas são elementos muitas vezes diminutos, tomados de gravações já existentes. Por isso a atividade que o sustenta é um colecionismo de tipo particular, associado a uma disposição singular de escuta. O descobrimento de *breaks* raros depende, por um lado, da construção de coleções anômalas e vastas e, por outro, do ajustamento de certo tipo de estúdio de produção (o *hip-hop* é música de estúdio: a execução ao vivo não é o polo que organiza a prática). O estúdio é, em muitos casos, doméstico: o lugar de produção é a casa. Pode ser que se deseje finalizar um disco em um estúdio profissional, mas, desde o começo da forma, o trabalho fundamental tinha lugar nas casas dos produtores, muitas vezes em seus dormitórios ou em seus porões, espaços separados, porém imersos no contexto de circulação geral da vida, inclusive da família. De modo que o que temos aqui é um tipo novo de músico: um músico cujo instrumento próprio é um estúdio caseiro, talvez rudimentar ("esse fato simples – acrescenta Schloss – apaga as distinções convencionais entre executar [ou praticar] e gravar"[14]). E outra figura do virtuoso: a destreza decisiva, no contexto da forma, é a capacidade de modificar elementos encontrados. A recompilação dos materiais é a base da atividade. A busca desses depósitos de *samples* que são os discos é a ação primária. Mas a tarefa do produtor, uma vez encontrados, é convertê-los na base de encadeamentos de repetições de duração variável. Ao situar esses fragmentos em relação com eles próprios, fora do contexto das canções das quais provêm, a repetição gera desenhos novos, que oferece a uma audição aprofundada: o *sample*, colocado em *loop*, exibe detalhes que bem podem ter sido alheios à intenção dos produtores da canção original,

---

14. Joseph G. Schloss, *Making Beats. The Art of Sample-Based Hip-Hop*, Middletown, CT., Wesleyan University Press, 2004, p. 46.

um golpe fora de lugar nos pratos, uma respiração que se deixa perceber na linha melódica.

De modo que o *loop* se converte em um procedimento de descoberta, no qual "descobrir" quer dizer "desenterrar"; em um disco encontrado (os discos que se privilegiam são gravações obscuras encontradas em lojas de segunda mão ou em liquidações) se descobre uma seção de alguns segundos, com a qual se compõe um *loop*, associado depois a outros elementos, até que se alcança o ponto em que se pode dizer que eles estão "ajustados"[15]. Isso, certamente, conduziu a muitos discursos sobre a fragmentação e a recombinação como gestos caracteristicamente pós-modernos. Mas, como mostra Schloss, os produtores, ao descrever seu trabalho, enfatizam a capacidade de fundir elementos em continuidades coesas. A referência à liquidez é constante nos títulos e comentários sobre a forma. Uma faixa de *hip-hop* transcorre, mas raramente se resolve. O som mais constante nos artistas mais complexos é a ambiguidade. Schloss comenta:

> Um *beat* de *hip-hop* consiste em uma quantidade de execuções coletivas em tempo real (as gravações originais), que são *sampleadas* digitalmente e compostas em uma estrutura cíclica (o *beat*) por um autor único (o produtor). Para apreciar a música, aquele que escuta deve ser capaz de ouvir tanto as interações originais como o modo em que foram organizadas em nossas relações. O *hip-hop* baseado em *samples*, portanto, é e não é ao mesmo tempo música ao vivo. A visão é comunal (a dos

---

15. Ibid., p. 139.

grupos originais) e individual (a do produtor de *hip-hop*). A estrutura formal pode refletir tanto um desenvolvimento linear (na composição original) como uma estrutura cíclica (em sua utilização em *hip-hop*). Creio que o objetivo estético de um produtor não é resolver essas ambiguidades, mas – ao contrário – preservá-las, dominá-las e celebrá-las.[16]

No que diz respeito ao plano que chamaríamos de instrumental (que inclui sempre vozes, algumas delas encravadas nas *samples* extraídas do rádio, da televisão, de gravações antigas), a variedade de versões da voz no domínio do *hip-hop* é muito grande, mas há um gesto recorrente nas produções mais variadas: um indivíduo começa a falar, apenas enfatizando os acentos do que enuncia e se aproximando, em muitas ocasiões, da fala mais cotidiana. Nem sempre compreendemos o que ele diz, porque a forma de enunciação favorece a formação de um fluxo: as execuções parecem dominadas por um horror a que intervenham pausas na sequência de palavras, que, por isso, tendem com frequência à irredutível vacuidade. Determinar o sentido se torna difícil quando as partes discretas do discurso, as sílabas, os fonemas, são arrastados e se perdem na corrente de sons não totalmente significantes. Ou quando vários falam ao mesmo tempo. É que o *hip-hop* torna comum um tipo de enunciação coletiva diferente daquela do grupo de rock ou do coro de igreja: em um disco de Wu-Tang Clan, um grupo particularmente proeminente na década passada, o que fala é, precisamente, o clã, uma reunião aberta e instável de indivíduos,

---

16. Ibid., p. 159.

que na maioria dos casos harmonizam suas intervenções, mas às vezes colidem ou se estorvam. No extremo, poder-se-ia dizer que um vasto clã ou rede é o sujeito da enunciação do *hip-hop*, e que a forma de sujeito que postula é uma rede contraída.

O que fala, indivíduo ou clã, fala de si mesmo: o autor, o intérprete, o personagem em torno do qual se concentra a faixa (por que a faixa ou a pista, mais que a canção, é a unidade de produção) é cada vez a mesma pessoa que, ao falar, insiste em que se dirige a nós. A cada um de nós: "eu falo para você, neste momento, de mim". Eu o interpelo e, em certa medida, o coloco em julgamento, de maneira que é necessário, ao me escutar, que decida (neste mundo de bandos incertos e variáveis) a que bando pertence. Para isso é necessário que considere sua relação comigo, que agora me apresento. Com muita frequência um álbum de *hip-hop* se parece com um grande cartão de apresentação: este que fala e que sou eu é uma aparição exorbitante, uma atração, até mesmo um fenômeno (como quando falamos de um fenômeno de feira).

Apresentando-me desse modo, eu, enquanto executante, me incorporo a uma conversa. Uma conversa que às vezes não tem nenhum centro preciso: os assuntos se tocam e se abandonam, e o conjunto é afetado por uma deriva gradual por momentos marcada por mudanças de tom dramáticas. O tipo de unidade que é própria de uma conversa desse tipo (e não a que é característica de uma melodia ou de um tema) é a unidade a que o *hip-hop* costuma aspirar. Sobre o que faz o executante característico da forma, Anthony Pecqueux diz que:

> Falar do que se conhece: o próprio entorno direto e as ações que se realizam: falar do que se pensa: tudo e não importa o quê, porque se pode ter uma opinião sobre tudo e refazer o mundo enquanto dura uma canção. Essa indecisão dá uma temática geral ao *rap*: a da vida do praticante, vida vivida, vida observada, vida pensada ou sonhada. [...] É preciso ocupar o espaço de palavra que a pessoa atribuiu a si mesma, aproveitar plenamente a oportunidade oferecida pela ocasião. Em consequência, é lógico que essa palavra, no processo de sua formação, deixe índices de oralidade, como a elipse silábica. Essa palavra busca se aproximar, tanto quanto seja possível, do momento de sua formação, como em uma conversa ordinária em que a palavra se forma ao mesmo tempo em que se enuncia; a palavra do *rap* aponta para essa contemporaneidade, inclusive se, naturalmente, não é possível alcançá-la.[17]

O tipo ideal da produção de *hip-hop* associa, então, uma faixa composta em estúdio por um produtor – que, ao mobilizar suas coleções, expõe um tipo de virtuosismo particular; faixa feita, em geral, de fragmentos breves que se fundem em uma corrente que não se dirige a nenhum lugar tonal em especial e cuja atmosfera dominante é a ambiguidade –, e a voz de um indivíduo de um clã, ou de uma rede em relação, que aspira menos a comunicar um tema determinado do que a se apresentar como criaturas situadas em um local determinado do espaço, em um momento determinado do tempo, de onde se incorporam à conversa geral. É assim que

---

17. Anthony Pecqueux, *Voix du rap. Essai de sociologie de l'action musicale*, Paris, L'Harmattan, 2007, p. 80.

Ashley vê o universo do *hip-hop*? Não sei; mas se assim fosse, não poderíamos estranhar que se propusesse a gerar composições que estendessem alguns desses traços e, ao mesmo tempo, os vertessem em formas que favorecessem uma escuta, para usar sua expressão, "devocional". É que "devoção" é o nome da condição subjetiva sob a qual alguém que escuta pode apreender articulações de longo alcance, estendidas sobre vastos períodos (as "histórias mais longas" da conferência sobre o futuro da música). É claro que a devoção que essas peças solicitam é uma devoção diferente daquela do narrador que escuta, no salão de Madame de Verdurin, a música de Vinteuil, e mais ainda a de quem assiste, em uma sala de concerto, as vocalizações de Ian Bostridge ou Cecilia Bartoli. Essa devoção devia se aproximar daquela de quem liga a televisão para ver um programa do qual é devoto (porque, recordemo-lo, o meio ideal para sua música continua sendo, pensa Ashley, a televisão, mesmo que as circunstâncias lhe imponham realizar suas obras no teatro).

Creio que Ashley quer que o tipo de devoção que suscita uma peça como *Concrete*, nas condições de um concerto, se aproxime tanto quanto possível da que favorece a estrutura de *Automatic Writing*; por exemplo, a que instigava Steven Stapleton, para quem sua efetividade se revelava quando "a tocávamos interminavelmente" e "parecia se converter em parte da casa, fundindo-se perfeitamente com a atmosfera da cidade à noite e com a 'respiração' do edifício". Ou inclusive o tipo de devoção que demandava certa situação de escuta que descreve o crítico David Toop. A situação teve lugar em uma galeria de arte, loja de discos, espaço de concertos e bar em Tóquio. Toop entra no espaço e enumera o que vê. A *performance* já começou; Sumihisa Arima manipula o som em um computador portátil; Akira Kasuga, em um canto, controla um *sampler* e produz efeitos eletrônicos; sentado junto a uma parede, Christopher Charles usa outro computador portátil; no centro, no lugar que normalmente associaríamos com o palco, sentados em fila diante de uma mesa, estão Shunichiro Okada e Carsten Nicolai com seus computadores; entre os dois, Michael von Hausswolff produz um som constante com seu *mixer*: o som percorre a sala.

A atmosfera é a de um local de trabalho, de um escritório de desenho ou de um estúdio de arquitetura. A diferença é enorme, claro, daquela de uma situação de concerto, de música clássica e mais ainda de rock, em que o que se apresenta em cena é uma organização de estrutura piramidal: na frente e no centro, o cantor; atrás dele, quase sempre no fundo, a banda (mas o guitarrista ou o pianista às vezes emergem na região frontal: dos baixos e baterias se espera maior discrição); em meio a todos, aqueles que levam e trazem os instrumentos, que se vestem de negro e, entre uma e outra canção, atravessam agachados e velozmente o palco; mais além, invisíveis, estão os promotores. Toop escreve que:

> Na Galeria Gendai Heights, a organização física, juntamente com a estrutura musical, constituíam mais uma rede de consciência distribuída que uma pirâmide. Para os membros da audiência, apertados, com os executantes situados entre eles e incapazes de identificar os sons por meio de referências visuais confortáveis, como

quando há um saxofone ou um piano, a fonte de cada som particular era ambígua. Creio que para a maioria de nós isso não tinha importância. O modo de desfrutar esse evento, de construir estrutura e sentido, era encontrar um lugar na rede e sentir os filamentos crescerem e se modificarem em todas as dimensões. Era isso também que acontecia com os executantes. Hesito em chamá-los de músicos porque nem todos eles se veem como se fossem parte dessa categoria. Em momentos de alta complexidade, quando os músicos estão completamente absortos no que fazem, inclusive as improvisações nas quais são usados instrumentos como o contrabaixo, a guitarra e o trompete podem desorientar os próprios participantes. Quem está fazendo o quê? De onde vem aquilo? Como na cozinha, as combinações de sabores transcendem a adição simples. Quando as fontes de som são eletrônicas, quando são usados sistemas de efeitos analógicos ou exclusivamente digitais, gerados por um *software*, os sons tendem a se enterrar (e a enterrar suas origens) na mistura.[18]

A narração de Toop continua: essa *performance*, nos diz ele, teve duas partes. Estivemos imersos em uma situação em que a distinção visual entre músicos e membros da audiência era tênue. "O melodrama de ser um músico", pensa, se desvanecia nesse conjunto de pessoas "cuja concentração na tecnologia não diferia do olhar dirigido à tela de alguém a quem se pode ver em um trem ou um café: alguém que envia uma mensagem a um amante secreto; alguém

---

18. David Toop, *Haunted Weather: Music, Silence and Memory*, Londres, Serpent's Tail, p. 16.

que acrescenta cereal, arroz e leite à lista de compras em seu Palm Pilot; alguém que examina, furtivo, imagens pornôs"[19]. O palco, por isso, tem algo de doméstico. Mas de repente algo acontece. Tetsuo Furudate começa a tocar o violino elétrico. Seu cabelo está desordenado, seu casaco escuro é muito comprido, seus gestos são o do artista que prefere se situar à distância de seus nexos imediatos. "As primeiras notas de Furudate emergiram do pântano – escreve Toop – gotejando reverberação, um recordatório de outro mundo, de uma era diferente."[20] E em seguida a cena se corrompe ainda mais:

> O *feedback* tremeu à beira do controle quando Yurihito Watanabe testou um microfone através do *mixer*. Watanabe é um homem pequeno com um cabelo longo e liso, que poderia ter sido um membro do salão do senhor Debussy se houvesse vivido um século atrás. Sua voz era a de um emplumado contratenor operístico, embora não treinado, um pássaro de viva plumagem que emergiu desse solo de floresta feito de abstrações eletrônicas e se alçou sobre ele, consciente de que essa exibição logo poderia se tornar um voo solitário, mas decidido a oferecer um espetáculo. Se essa era sua suspeita, resultou ser verdade. A maior parte dos participantes da primeira fase se calaram rapidamente. Devido a essa retração, aqueles que permaneceram com a nova direção estavam afastados da densa rede. Seu lugar no espaço físico e musical tornou-se mais claro. O alarmante contraste entre a consciência distribuída e as

---
19. Ibid., p. 17.
20. Ibid., p. 17-18.

notações musicais características de Furudate e Watanabe tornou-se mais evidente por ser menos denso, menos interpenetrado pelo que teria sido se todos os participantes houvessem estado inteiramente envolvidos. No final, os únicos sobreviventes eram o violino, uma voz esporádica e o que soava como um resfolegar de um cão cibernético gigante.[21]

É instrutivo comparar essa passagem com a descrição oferecida por Proust da Sonata de Vinteuil. Ali, quando um canto perfurava o ar, um canto plenamente singular, indescritível e extático, um canto que convoca a manhã eterna, um canto elétrico e pungente, o entorno em que vinha a aparecer se transmutava. Aqui, uma voz semelhante produz um colapso comunicativo: essa voz não reúne ou transmuta, mas espanta e dispersa. A voz que emerge e se lança na direção da borda da experiência na confiança do seu retorno é a voz de um ser que, completo de alguma maneira em si mesmo, se põe em contato com um mundo que o confronta e o contém. Mas essa voz está em incompatibilidade fundamental com um espaço inter-humano que começa a dominar outra figura do indivíduo. Que figura?

A do "homem neuronal", diria Jean Pierre Changeux. O homem tal como o descreve a mais recente neurologia. Milhões de descargas elétricas e de intercâmbios físicos nas sinapses, de microeventos que têm lugar em cada minucioso instante (mas usar essa palavra pode nos distrair da continuidade das transformações que constituem o processo), resultam em uma atividade global, a da criatura que se regula

---

21. Ibid., p. 18.

de modo a assegurar sua renovação e persistência. Não há nenhum centro que controle a totalidade dessa atividade: não há um "eu" que seja uma parte separada do dispositivo geral. Não há um "eu". Há uma região iluminada de um modo peculiar: para nos referir a essa região, falamos de consciência. Mas não se trata de uma região que possa ser localizada fisicamente: sua borda é funcional e graduada. Thomas Metzinger a descreve como "uma nuvem de células nervosas particulares, dispersas no espaço, [que] se disparam em intrincadas formas de atividade sincronizada, cada forma talvez se incorporando à seguinte. Assim como o fazem as gotas de água que formam uma nuvem, alguns elementos abandonam o agregado em cada momento e outros se unem a ele"[22], e em cada convergência momentânea, a partir da infinita informação que provém de todas as direções, o dispositivo, em plena travessia, constitui (como se constitui uma simulação ou um modelo) um mundo do qual podemos dizer: este mundo está em minha presença.

Ou em *nossa* presença. É que de todos os descobrimentos dessa neurologia recente, um dos mais cruciais é o dos chamados "neurônios espelho". Em duas palavras: quando observo alguém realizar uma ação, a região cerebral que se ativa é a que se ativaria se eu a realizasse (desse modo, entendo que é o que aquele outro se propõe a fazer); quando observo os gestos de alguém que expressa, assim, uma emoção, ativam-se em mim as mesmas redes neurais que se ativariam se eu experimentasse essa emoção (desse modo, simulando em mim, entendo o que aquele outro sente);

---

22. Thomas Metzinger, *The Ego Tunnel*, Nova York, Basic Books, 2009, p. 30.

quando observo alguém ser tocado, ativam-se em mim áreas do córtex que se ativariam se alguém me tocasse (desse modo, entendo, ou pareço entender, o que aquele outro experimenta). E isso, de imediato, por cima ou por baixo da nuvem da consciência. Por isso, Metzinger comenta: "Estamos nadando constantemente em um mar inconsciente de intercorporalidade, espelhando-nos constantemente uns nos outros com a ajuda de vários componentes inconscientes e precursores do ego fenomênico. Muito antes do entendimento social consciente, de nível superior, chegar à literatura dramática, e muito antes de a linguagem evoluir e os filósofos desenvolverem teorias complicadas sobre o que faz falta para que um ser humano reconheça outro como uma pessoa e um ser racional, já nos banhávamos nas águas de uma intersubjetividade corporal implícita"[23].

Esse indivíduo, por outro lado, se encontra em uma época em que as formas que regulavam as correntes que se deslocavam nessas águas, os padrões que ordenavam o domínio da intersubjetividade, perderam sua obviedade ou são, sem demora, rechaçadas. Estamos, dizia com Alain Touraine, próximos ao final da época das sociedades, na dissipação de tudo o que assegurava a emergência desse modelo de individualidade, o indivíduo socializado, que podia conceber sua trajetória em relação aos domínios da escola e da família, do trabalho e dos tempos livres, do sindicato e suas dissidências, do partido político e da nação. As distâncias e imediações se alteram, de maneira que não sabemos o que está mais próximo e o que está mais distante, quem

---

23. Ibid., p. 171.

conserva seu equilíbrio e quem o perde, quais são, em cada ponto do espaço, as proporções do permanente e do mutável.

Na primeira fase do concerto na Galeria Gendai Heights não havia, ao que parece, nenhum vocalista. Se houvesse havido, talvez tivesse sido Ami Yoshida. É provável que o nome lhes diga pouco. Mas, como acontece eventualmente com qualquer músico, inclusive o mais obscuro, é possível encontrar gravações e vídeos de Yoshida na internet, mobilizando o mais mínimo mecanismo de busca. Se consultarem algum desses vídeos, verão o que de minha parte vi em um diminuto espaço de concerto em Tóquio e depois em outro, um pouco maior, em Nova York: uma mulher jovem, de pé diante de um microfone, fazendo enormes esforços para produzir sons usualmente muito agudos e às vezes quase imperceptíveis, que pareciam emergir da fricção rápida do ar na parede da garganta. Esses sons não provêm dos remotos foles dos pulmões ou das mais próximas cavidades da boca, mas dos tubos que os unem. Yoshio Otani emprega essa palavra ao descrever o trabalho de Yoshida: "De todos os órgãos que podemos controlar – escreve ele –, aqueles que produzem a voz são os mais flexíveis e delicados, e é com eles que Ami Yoshida produz sons que não se parecem com nenhum que se tenha ouvido. Ela escuta cuidadosamente todos os tubos através dos quais passa sua exalação, seguindo as subidas e descidas de sua própria respiração, e emite minúsculos chiados, gemidos, raspaduras que emergem de dentro do seu corpo. Enquanto esses são os mesmos órgãos usados na ação física de gerar palavras com o objetivo de comunicar intenções simbólicas, ela faz algo completamente diferente: escuta atentamente os diminutos rangidos internos, que normalmente não notamos". A descrição é exata. A própria artista, por sua vez, descreve o seu trabalho deste modo: "Ami Yoshida tenta produzir um som apenas audível, que seja percebido mais como som do que como vocalização".

Essa figura é interessante: não é verdade que uma longa tradição não só europeia pensava que um instrumentista alcança o ponto de maior expressividade ali onde o som do seu instrumento chega a se aproximar ao da voz desenvolvida no espaço que ela mesma abre? Que a figura ideal da música é o canto e o canto é a materialização ideal da voz? Inclusive nesses momentos tardios que são os da vanguarda de meados do século que acaba de terminar, o ideal da voz projetada até a borda exterior do sensível se mantém muitas vezes sob a forma do silêncio abrupto ou do grito. A voz de Yoshida, ao contrário, é uma voz que se dobra, como se estivesse orientada para o interior do corpo (a coleção de cabos, tubos, cavidades) do qual apenas emerge. Em sua imersão, a voz recolhe tesouros vacilantes e tênues que apresenta, um após o outro, como se apresentam objetos cuja função não se conhece e cuja forma não se compreende; entre eles há às vezes fragmentos de linguagem. Às vezes a voz se eleva, mas, ao fazê-lo, como na ópera imaginada por Coetzee, leva consigo a miscelânea sonora que é seu ambiente propício. Essa voz pertence à família da qual a voz que *Automatic Writing* põe em cena é outro rebento: o representante do domínio musical da fala impura e o índice de outras formações do sujeito.

EPÍLOGO
Insuficiências do pós-modernismo

Dito isso, é hora não tanto de recapitular, mas de enfatizar uma vez mais os traços principais da figura que estive tentando definir. Para nos ajudar a fazê-lo, vou me deter na última tentativa importante de produzir uma interpretação global das artes do presente. Essa é a intenção que devemos ao crítico norte-americano Fredric Jameson. Passou-se um quarto de século desde que Jameson publicou o primeiro de seus artigos sobre o que ele chamava de "pós-modernismo", que descrevia como uma "lógica cultural" que atravessava uma multiplicidade de campos de produção artística e intelectual, do cinema à arquitetura, da pintura à teoria. O ano era 1982. Esse era um momento muito particular, ao mesmo tempo depressivo e exultante. Nos Estados Unidos, onde o artigo foi publicado, a vida intelectual nos departamentos de literatura e artes das universidades era impactada pelas obras da grande geração de intelectuais franceses, que incluía Foucault, Derrida, Bourdieu, Lyotard e Barthes; no domínio político, produzia-se um incontrolável crescimento da nova direita republicana, no contexto da presidência de Ronald Reagan; no plano econômico, adquiriam uma crescente energia os programas de desmantelamento da forma de capitalismo social que havia dominado a Euro-américa do pós-guerra; nas artes visuais, de repente imperavam as transvanguardas e os neoexpressionismos que propunham formas diferentes de regressar à pintura, depois do seu repúdio às últimas vanguardas; na música, surgiam novos classicismos neorreligiosos ou minimalistas; no cinema, cultivava-se o evidente artifício. E em toda parte prevalecia a citação, a inter-referência, o jogo de espelhos, a declaração da formalidade inevitável de todas as formas.

A descrição que Jameson propunha era muito eficaz. Recordemos seus elementos principais. As artes do pós-modernismo se caracterizavam, dizia já esse primeiro artigo (como o diria, anos depois, o livro do qual foi o germe), por sua contínua recorrência ao pastiche. O gesto de enunciação principal, dizia Jameson, é agora a "ironia neutra": os artistas pós-modernos são propensos, indicava ele, a chamar a atenção sobre o artificialismo das maneiras de expressão que adotam. Não para escarnecer essas maneiras em nome de algumas das formas da naturalidade: é que dão por assentado que não há nenhuma maneira que não seja artificial. Não há norma última de discurso: existe a multiplicação das maneiras. Mas, onde não há tal norma, a paródia – se a paródia implica uma crítica ou um desmascaramento implícitos – carece de sentido. Por esse motivo, os artistas pós-modernos não praticam nem a busca do novo nem a continuação de uma tradição à qual atribuem valores substanciais, mas que se consagram à "imitação de estilos mortos, ele fala através das máscaras e vozes alojadas no museu imaginário de uma cultura que agora é global", a manipulação da série de "espetáculos empoeirados" nos quais consiste, para a sociedade "privada de toda historicidade" na qual vive, o passado[1]. Essa evacuação do tempo, por outro lado, se realiza nos textos por meio da mobilização da escrita que Roland Barthes havia descrito anos antes como "escrita branca". Tudo acontece nesses romances, detalhava o *Pós-modernismo*, em pretérito perfeito, "cujo 'momento perfectivo', como nos ensinou Émile Benveniste, serve para separar os eventos do presente da enunciação e para transformar a corrente do tempo e a ação em uma série de objetos e eventos acabados, completos, isolados, e que se encontram separados de toda situação presente (inclusive a do ato de narração ou enunciação)"[2].

É compreensível que assim seja, insistia Jameson, se consideramos que a experiência do tempo no pós-modernismo se caracteriza porque "o sujeito perdeu sua capacidade para estender ativamente suas pré-tensões e re-tensões ao longo da trama temporal e organizar seu passado e seu futuro em experiências coerentes" (essa é precisamente a razão por que "se torna difícil ver como as produções de tal sujeito podem resultar em outra coisa senão 'montões de fragmentos' e em uma prática do infelizmente heterogêneo, do fragmentário e do aleatório")[3]. É que o sujeito no universo pós--moderno é um pouco como o sujeito afetado pela esquizofrenia, que Jameson concebia a partir das descrições

---

1. Fredric Jameson, *The Cultural Turn: Selected Writings on the Postmodern*, 1983-1998, Londres, Verso, 1998, p. 18.
2. Ibid., p. 24.
3. Ibid., p. 25.

de Lacan como um sujeito reduzido "a uma experiência de puros significantes materiais ou, em outras palavras, a uma série de puros e desvinculados presentes no tempo"[4]. Presentes que, acrescentava, tornam-se dramaticamente potentes: "isolado, o presente subitamente submerge ao sujeito com seu indescritível vigor, sua materialidade propriamente esmagadora", de maneira que a reação corrente é uma euforia particular, "uma intensidade intoxicante ou alucinatória"[5]. É isso que acontece, pensava Jameson, na música de John Cage ou em alguns momentos da literatura de Samuel Beckett. É isso que acontecia, segundo Sartre, na frase de Flaubert. Isso determina "a experiência pós-moderna da forma". O artista pós-moderno aspira, em seus momentos mais ambiciosos ou exaltados, despertar em seus destinatários a capacidade de se relacionarem através da diferença. "A diferença relaciona" é o lema da melhor arte pós-moderna – por exemplo, a arte de Nam June Paik, que amontoa espaços de monitores de vídeo que exibem imagens vertiginosas e diversas. Aqui, "ao observador pós-modernista [...] pede-se que faça o impossível, ou seja, que olhe todas as telas ao mesmo tempo, em sua diferença arriscada e radical; a esse observador pede-se que siga a mutação evolucionária de David Bowie em *The Man Who Fell to Earth* (que olha 57 telas ao mesmo tempo) e que de alguma maneira se eleve ao nível no qual a percepção viva da diferença radical é em si mesma uma maneira de captar o que se costumava chamar de relações: algo para o qual a palavra *collage* é um nome demasiado fraco"[6].

---

4. Ibid., p. 27.
5. Ibid., p. 27-28.
6. Ibid., p. 30.

Tal visão é, certamente, sublime. Essa palavra – cujo uso se tornava comum nesses anos – é a palavra que Jameson usava, que afirmava que os artistas pós-modernos se consagram à produção de um *camp* sublime ou "histérico". Na versão clássica (a de Burke ou Kant), sublime era a emoção de experimentar os limites da nossa capacidade de representar, confrontada, com uma alteridade incomparável, com a escala de nossa existência normal; sublime era – havia sido por dois séculos – a Natureza. Mas a Natureza, o intocado, é precisamente o que já não há entre nós, no universo do capitalismo tardio que é o universo próprio do pós-modernismo. Ou seja, no universo do que, seguindo Ernest Mandel, Jameson chamava de "a terceira era das máquinas", a era das máquinas reprodutivas. Porque Jameson não pensava nos computadores ou na internet, como pensaríamos agora, mas nas "câmeras de cinema, vídeo, gravadores, toda a tecnologia de produção e reprodução do simulacro"[7]. Mas o que algumas peças pós-modernas nos deixam entrever é, além dos processos imediatos, "um vislumbre do sublime pós-moderno ou tecnológico", um vislumbre, mais precisamente, de "uma rede de poder e controle ainda mais difícil de captar para nossas imaginações: a nova rede global da terceira era do próprio capital", ou seja, "a impossível totalidade do sistema mundial contemporâneo"[8].

O poder da descrição de Jameson, o que certamente justifica o enorme sucesso que teve, está radicado em sua simplicidade: tudo nessa descrição deriva da convicção de

---

7. Ibid., p. 37.
8. Ibid., p. 37-38.

seu autor de que o pós-modernismo era o momento em que se desenvolvia no espaço social inteiro, sem que restassem regiões não afetadas, um princípio de dissociação ou separação ("autonomização" era a expressão que preferia), e isso resultava, no que diz respeito às produções culturais, filosóficas ou artísticas, em várias transformações. Os indivíduos que produzem artefatos de cultura, pensava Jameson que acontecia em seu presente, se ausentam desses artefatos, que não expressam nada do seu estado emocional nem revelam nada das circunstâncias nas quais se originaram; esses artefatos são feitos de estilos e figuras que foram recolhidos em momentos diversos da história e purgados das marcas de sua procedência; as partes dos artefatos em questão se isolam umas das outras: sua composição, portanto, é disjuntiva; esses artefatos são feitos para que os indivíduos que se confrontam com eles esqueçam seu enraizamento no espaço em que estão para que, no espetáculo imenso que lhes é apresentado, percebam um vislumbre da horrorosa totalidade do impossivelmente vasto sistema em que vivem. Essa descrição era enormemente poderosa, porque abarcava boa parte do mais interessante das produções de seu tempo, mas também porque, em sua base, havia o que não seria inadequado chamar de uma visão: a visão de um mundo crescentemente ocupado por um sistema cuja penetração é tão insidiosa, cujo poder é tão global, cuja influência se aloja em partes tão recônditas de cada organismo, que não se vê como se poderia mudar, a não ser mediante um movimento tão novo e tão maciço que mal se consegue imaginar. E esse sistema opera dissociando, dividindo o espaço social em uma multiplicidade de cápsulas ou células.

Mas se o leitor aceita a validez das descrições dos capítulos precedentes, compartilhará comigo a convicção de que um número muito significativo e provavelmente crescente de artistas se empenhou nos últimos anos em operar de maneiras que, mais que seguir, se distanciam de cada uma das propensões que Jameson atribuía aos artistas pós-modernos. De que modo? O artista pós-moderno, dizia Jameson, é o artista da "ironia neutra" ou da "escrita branca": o indivíduo que produz expressões isentas das marcas do processo material que as originaram, do fato de que foram compostas nesse ou naquele lugar do mundo por esse ou aquele indivíduo ou grupo de indivíduos. Mas isso, precisamente isso, é o que os artistas e escritores que estive analisando se obstinam em não fazer: os objetos ou eventos que propõem incluem, em geral, descrições ou manifestações não só de como chegaram a se compor, mas também das condições do entorno daqueles que os executaram e que se apresentam, então, como pessoas situadas em um espaço concreto e em uma rede de relações, pessoas que são pontos de relativa fixidez nos que impactam correntes que nem sempre entendem. Um imperativo rege essas produções: o imperativo diz que um artista deve, na medida em que lhe seja possível, tornar acessíveis aos seus públicos os arquivos do processo pelo qual o objeto ou o evento que compôs ou preparou chegou a acontecer, o caráter dos materiais que empregou, e as causas, até onde possa averiguá-las, que ocasionaram o processo que resultou na composição.

Pode-se dizer que uma arte que faça isso prolonga uma das linhas principais de desenvolvimento da tradição moderna: é que um dos traços principais do trabalho dos artistas mais ambiciosos dessa tradição era a sua propensão a pensar que uma obra de arte verdadeiramente crítica deve realizar uma explicitação minuciosa de suas condições. Mas nas produções mais recentes a explicitação perdeu o caráter que tinha, por exemplo, em Brecht, em cujas obras a atenção sobre as condições institucionais de realização servia – o autor alemão esperava – para romper o encantamento que fazia com que os indivíduos vissem suas condições concretas de existência como necessárias ou fatais e lhes permitia advertir os motores ocultos da opressão humana. Tampouco se trata aqui da afirmação eufórica da artificialidade de todas as construções, a declaração de que, como não há outra coisa senão códigos, a subversão (a palavra, que havia sido de circulação comum até pouco tempo) reside em jogar o jogo dos códigos de maneira excessiva e aberta, como se pode observar em empresas tão diferentes como a do escritor cubano Severo Sarduy ou da teórica norte-americana Judith Butler. Os atos de explicitação dos artistas que estive analisando carecem do caráter dramático que é próprio dessas outras duas estratégias. Se eles tendem a explicitar em seus trabalhos a matriz de produção, as condições tecnológicas, psicológicas e práticas das coisas que oferecem à observação ou à leitura, é porque respondem a um processo de longa duração, mas que adquiriu uma velocidade de precipitação nas últimas décadas: a valorização crescente, nos mundos nos quais vivem da vontade dos indivíduos de se mostrarem na própria nudez, valorização que possui matizes peculiares porque ocorre em uma época em que todos, ao que parece, sabemos ou acreditamos que uma nudez perfeita é impossível. Nos círculos sociais nos quais esses artistas operam (entre indivíduos formalmente educados das classes médias e médias altas em condições de globalização) há valores que formam uma espécie de consenso de fundo. Nesses círculos se tende a valorizar a lucidez e, sobretudo, a transparência. "Transparência!": esse é o grito de batalha de mil programas de intervenção política. As relações sociais que são vistas como desejáveis entre os indivíduos, ou entre os indivíduos e as instituições com as quais lhes toca interagir, devem ser, supõe-se, abertas, e para que o sejam não deve haver espaços ocultos nas transações que as entremeiam. Esses valores são, em condições como as do presente, tão difíceis de discutir como é difícil, digamos, discutir o valor da democracia. É claro que esses são valores éticos muito gerais, crenças dominantes sobre a maneira na qual se deveria viver entre outros; mas creio que podemos postular que nas artes, agora como em qualquer outra época, colocam-se em jogo, na devida transposição, os valores que imperam nas sociedades em que vivem e atuam os artistas.

Por outro lado, essas sociedades vêm se tornando territórios de desenvolvimento de formas de comunicação particulares. Essas são sociedades de pessoas que mantêm um discurso constante sobre si mesmas, seja porque assim o exigem as instituições com as quais se encontram e que demandam a produção constante de cartas de apresentação, de projetos, de formulários em que as pessoas são instadas a se tematizar, seja porque em situações mais íntimas as negociações que ocorrem com amantes, pais, filhos, irmãos, amigos, inclusive professores ou estudantes, supõem a predisposição a se submeterem sistematicamente a juízo e avaliação comuns às próprias assunções. Segundo John

Thompson, as sociedades mais ou menos ricas do presente (ou as regiões menos pobres das sociedades pobres) são sociedades de "*self-disclosure*", da revelação de si em condições particulares: em condições de grande incerteza com respeito aos destinatários da revelação. E a verdade é que os artistas estão sempre tentados a se apropriar das formas de comunicação que encontram em seus entornos: do mesmo modo que o romance do século XVIII havia retomado essas formas discursivas que são as cartas, um número crescente de produções literárias, para falar de literatura, adotam a maneira do anúncio pessoal, da entrada de diário, da página pessoal na internet, às vezes inclusive do blogue. Por isso, não há escrito menos branco que o dos textos dos escritores, nem objetos menos isolados que os desses artistas: ter-se-ia de dizer que, mais que produzir "uma série de objetos e eventos acabados, completos, isolados, e que se encontram separados de toda situação presente (inclusive a do ato de narração ou enunciação)", o que preferem é a composição de totalidades móveis e debilmente integradas cuja separação da situação em que se geram ou apresentam seja o mais imperfeita possível.

Nas produções desses artistas, o passado tende a se incorporar, quando se incorpora, de outras maneiras que as que haviam prevalecido na tradição imediata: nem praticam a ruptura, o gesto de quem quer se desprender do passado de sua prática como de um peso cuja gravitação lhe impede a produção da novidade, que é o que se deveria desejar, nem a maneira do pastiche que Jameson identificava como a mais caracteristicamente pós-moderna e que consistia, segundo ele, em recombinar fragmentos descontextualizados de produções do passado, que se tomavam um pouco como se fossem visões sutis flutuantes em uma dimensão da qual se havia subtraído o tempo. Não que não mobilizem em suas produções momentos do passado. Ao contrário. Mas os objetos do passado próximo ou remoto são abordados como formações contingentes, coleções de elementos mal ou bem articulados, vetores de possibilidades, algumas das quais não acabaram de ser desenvolvidas, em seu momento, por razões que muitas vezes dizem respeito aos agentes que estiveram envolvidos em sua formação. A relação que se tende a estabelecer com eles é de conservação de possibilidades que se encontram prestes a se perder, de desbloqueio de possibilidades perdidas: o que acontece aqui é algo da ordem da manutenção, da preservação, e por isso o ideal de propor construções que sejam elementos diferenciados que se apresentam em um puro e desvinculado presente é um ideal cujo prestígio sistematicamente diminui. Ao contrário, os objetos do passado tornam a se apresentar, mas acompanhados de suas versões não realizadas, seus planos inacabados, os documentos das negociações que resultaram em sua existência e sua circulação ao longo dos acidentes do tempo, que lhes subtraíram e agregaram coisas, com as quais chegaram ao nosso presente, mutiladas e também mais complexas e vastas. Momentos do passado que se desenterram, mas que ao serem expostos vêm com os fragmentos do território do qual foram arrancados, as raízes e fibras que haviam assegurado sua fixidez e que às vezes eram também a razão de sua paralisia.

Os artistas em questão às vezes se reduzem a apresentar suas coleções, seus arquivos, seus álbuns pessoais, que expõem como se fossem objetos enigmáticos, tanto para o que os reuniu como para os que os observam. Por isso, em seu caso, a diferença entre mostrar as novidades que foram concebidas (em um momento em que se está perfeitamente consciente de que toda concepção implica um momento central de coleta de materiais, de reunião dos pedaços com os quais, mais ou menos pacientemente, se operará mais adiante) e mostrar o que outros, com os quais se possui afinidade, produziram, essa diferença é menos importante do que costumava ser. Escrever ou pintar, traduzir ou pendurar, editar ou expor, distribuir ou vender: é como se os artistas quisessem definir condições nas quais essas fases da geração de processos ou eventos com um componente estético estivessem menos separadas e fossem mais contínuas do que costumavam ser. É claro que isso implica uma reforma das instituições que conhecemos. Daí os artistas em questão ocuparem partes importantes do seu tempo em práticas de projeto de organizações.

E o projeto de organizações é necessário também para fazer algo que lhes suscita um interesse crescente: a exploração de formas de autoria complexa. Ou seja, de autoria que excede a do artista individual que realiza o seu trabalho no retiro, no espaço seccionado que é, na fantasia moderna, o lugar próprio da composição artística, mas que tampouco repousa em um elogio da coletividade não organizada. Quando falo de "autoria complexa" me refiro a situações em que os artistas, ao mesmo tempo em que propõem formações de linguagem, de imagens, de ações ou sons que podem ser abordados por si mesmos, as apresentam como as plataformas ou os suportes sobre os quais outros podem montar suas próprias produções, que a peça metabolizará até onde for possível. Desse modo, a peça é o foco para a organização de uma forma de associação, não importa quão temporária. E quando digo "autoria complexa" me refiro também a uma maneira de conceber inclusive a relação dos agentes consigo mesmos: os escritores e artistas tratam as coisas que encontram em seus foros interiores como materiais às vezes raros, suscetíveis de interrogação e elaboração. Se a experiência não for demasiado violenta ou paradoxal, direi que eles concebem os trabalhos que realizaram sozinhos como colaborações consigo mesmos.

Por isso, não se deveria considerar estranho que em livros, filmes, fotografias, peças de teatro, pinturas, encontremos, com uma frequência crescente, as narrações ou apresentações dos avatares múltiplos de formações sociais, de microassociações precárias. Ou seja, de associações entre indivíduos cujo vínculo teria sido difícil antecipar no mundo ao qual pertencem, e que ao se associarem não podem contar com a sustentação das formas institucionais vigentes nesse mundo nem com os modelos de interpretação que a tradição imediata lhes oferece. *Como viver juntos?* Esse é o título de um dos últimos seminários de Roland Barthes. Essa pergunta pode ser escutada, abertamente ou na surdina, em muitas das produções mais interessantes da arte, da literatura, do cinema recente, que gravitam em torno de indivíduos que apresentam como cúmulos de sistemas que se encontram em ressonância (no sentido em que as cordas de um piano ressoam) com aqueles seres viventes que estão à sua volta, ressonâncias que nem sempre compreendem e que tentam estabilizar. Há uma espécie de obsessão por explorar formas inesperadas de solidariedade, formas que dependem menos da iniciativa de sujeitos separados que da formação de mundos comuns que se exploram em conjunto. Ali onde se tenta abordar os veneráveis temas da política, o interesse reside menos nos gestos de desmascaramento, desconstrução, crítica, do que na exploração imaginária, na reflexão associada à produção de simulações, de outras formas de associação entre humanos, em um momento em que se adverte a insuficiência dos modernos imaginários da organização (as formas do partido político, baseado em comunidades de ideologia, ou o sindicato, baseado na comunidade de ramos de trabalho, do mercado na versão idealizada característica da economia clássica ou do planejamento burocrático).

Quanto ao sublime, me custa pensar em um registro que esses artistas se consagrem mais minuciosamente a evitar. Por quê? A resposta a essa pergunta é muito complexa, mas, de todos os traços que mencionei, é possível que este seja o mais intrigante. É que a produção do sublime é o que desde sempre os artistas na linhagem europeia e americana se propuseram produzir. Um axioma da cultura moderna das artes é que uma arte que queira intervir de maneira progressista no mundo onde homens e mulheres interagem, bem ou mal, o faz mostrando os pontos de crise, as aberturas, as transcendências, as manifestações de outras dimensões plenas ou vazias que irrompem no mundo comum. Nisso, os agentes dessa cultura respondem a um fascínio que provavelmente seja exclusivo dessa linhagem, desde seu próprio começo, na dupla fonte dos poemas homéricos e dos relatos bíblicos: o fascínio pelas figuras da crise, na infinita variedade de suas formas. Mas em narrações, em peças teatrais, em performances, em exibições se explora algo que era difícil de encontrar nos artistas da tradição moderna, inclusive naqueles mais recentes: a descrição do curso de um mundo em que há desequilíbrios locais, obscuridades parciais, mas não fraturas que se estendam até sua base. O que parecia fascinar os artistas com uma frequência curiosa não é a força demoníaca ou o princípio anárquico que penetram e dinamizam o mundo em seu conjunto, força ou potência que ao mesmo tempo cativam e resistem a ser representadas, mas a visão sustentada de um mundo de pessoas e de coisas que persiste na estabilidade e no repouso. É isso que dá um caráter resolutamente não dramático a algumas das produções mais interessantes destes anos (e as torna especialmente difíceis de analisar nos termos de que dispomos).

De maneira que quem quisesse escrever uma prolongação do grande livro de Jameson teria que tomar como ponto de partida a noção de que, há pelo menos uma década, um grande número provavelmente crescente de artistas prefere realizar operações que contradizem as que esse livro atribuía aos artistas pós-modernos: a propensão a expor as condições institucionais, materiais e pessoais em que se faz aquilo que se faz, de maneira a associar sistematicamente o texto ou a peça que se mostra aos espaços nos quais circula e aos que toca em tantos pontos quanto sejam possíveis; a vontade de reativar momentos passados cujas potencialidades se percebem como não completamente desenvolvidas; a predisposição para explorar outras distribuições de papéis e tarefas além daquelas que são mais comuns, predisposição que é reforçada por uma sistemática perda de confiança na firmeza da distinção entre a produção de textos ou imagens novas e a exibição das coleções próprias ou alheias, a construção de dispositivos nos quais públicos e artistas se relacionam por meio de interfaces anômalas; a exploração, também, de formas de autoria complexa; o abandono progressivo da paixão pelo sublime; a consagração frequente à meditação sobre as possibilidades do relacionamento, da produção de situações de intimidade entre indivíduos extremamente diversos, associações aparentemente impossíveis e nas quais, no entanto, se constituem outras maneiras de estar em comum.

Acredito que se eu tivesse de identificar uma questão que guia os trabalhos dos artistas e escritores que mencionei, seria a seguinte: quantos pontos de contato podem ser construídos entre os elementos que se incorporam em um processo artístico? Ou, mais precisamente, de quantas maneiras pode-se intensificar o tráfico de elementos através das interfaces complexas que passam entre esses processos e os locais físicos e sociais nos quais vêm a emergir, circular e desaparecer? Entre o objeto ou o evento e o espaço em que se apresentam; entre o presente do que se faz e os passados multiformes com os quais esse presente quisera se associar; entre os componentes e as partes com as quais se produz o que se produz; entre as pessoas que intervêm no processo em questão, em papéis diferenciados que se gostaria que fossem mais imprecisos. Fica evidente que essa orientação é muito diferente da que Jameson achava ser característica dos artistas pós-modernos. Resta comprovar até que ponto o impulso é duradouro e a tendência, consequente.

Por enquanto, ficarei conformado se tiver cumprido um propósito mais limitado. Suponhamos que seja possível construir uma cadeia de conceitos e metáforas que nos permitam descrever coisas que, ao mesmo tempo, fazem artistas que operam em domínios diferentes (nas letras, nas artes plásticas, na música). Suponhamos que esse tempo seja o presente e o vocabulário que construímos nos permite dizer de que maneira algumas das coisas que aqueles artistas fazem não poderiam ter sido feitas em nenhum outro momento (ou teria sido infinitamente improvável que fossem feitas). Suponhamos, então, que seja possível identificar certo número de particularidades do presente das artes e que, finalmente, mobilizando essas metáforas e esses conceitos, possamos distinguir algumas das linhas de influência e ressonância que percorrem as cerimônias celebradas naqueles domínios entreabertos e nos entornos nos quais estão imersos. Essas suposições estavam no ponto de partida deste livro. Mostrei que são válidas? Porque foi isso que tentei mostrar.

1ª edição julho de 2013 | **Diagramação** RVStudio
Fonte Palatino Lt Std | **Papel** Offset 75g
Impressão e acabamento Imprensa da Fé